莎士比亚全集·中文本（典藏版）
William Shakespeare: Complete Works

［英］威廉·莎士比亚（William Shakespeare）

辜正坤 主编／彭镜禧 译

快乐的温莎巧妇

The Merry Wives of Windsor

外语教学与研究出版社
北京

京权图字：01-2016-4993

图书在版编目 (CIP) 数据

快乐的温莎巧妇／（英）威廉·莎士比亚（William Shakespeare）著；彭镜禧译.
北京：外语教学与研究出版社，2024.6.——（莎士比亚全集／辜正坤主编）.
ISBN 978-7-5213-5341-9

I. I561.33

中国国家版本馆 CIP 数据核字第 2024TE1838 号

快乐的温莎巧妇
KUAILE DE WENSHA QIAOFU

出 版 人	王 芳
项目负责	邢印姝　郭芮萱
责任编辑	宋锦霞
责任校对	宋微微
封面设计	张 潇
出版发行	外语教学与研究出版社
社　　址	北京市西三环北路 19 号（100089）
网　　址	https://www.fltrp.com
印　　刷	三河市紫恒印装有限公司
开　　本	710×1000　1/16
印　　张	9.5
字　　数	152 千字
版　　次	2024 年 6 月第 1 版
印　　次	2024 年 6 月第 1 次印刷
书　　号	ISBN 978-7-5213-5341-9
定　　价	68.00 元

如有图书采购需求，图书内容或印刷装订等问题，侵权、盗版书籍等线索，请拨打以下电话或关注官方服务号：
客服电话：400 898 7008
官方服务号：微信搜索并关注公众号"外研社官方服务号"
外研社购书网址：https://fltrp.tmall.com

物料号：353410001

出版说明

1623 年，莎士比亚的演员同僚们倾注心血结集出版了历史上第一部《莎士比亚全集》——著名的第一对开本，这是三百多年来许多导演和演员最为钟爱的莎士比亚文本。2007 年，由英国皇家莎士比亚剧团（Royal Shakespeare Company）推出的《莎士比亚全集》，则是对第一对开本首次全面的修订。

本套《莎士比亚全集》新汉译本，正是依据当今莎学界最负声望的皇家版《莎士比亚全集》翻译而成。译本的凡例说明如下：

一、**文体**：剧文有诗体和散体之分。未及最右行末即转行的为诗体。文字连排、直至最右行末转行的，则为散体。

二、**舞台提示**：

1）角色的上场与下场及其他舞台提示以仿宋体排出，穿插于剧文中的舞台提示以圆括号进行标注，如：（对亨利王子）。

2）舞台提示中的特殊符号。译本所依据的皇家版《莎士比亚全集》的编辑者对舞台提示中的不确定情形以特殊符号予以标注，译本亦保留了这些符号：如（旁白？）表示某行剧文既可作为旁白，亦可当作对话；又如某个舞台活动置于箭头 ↓↓ 之间，表示它可发生在一场戏中的多个不同时刻。

三、**脚注**：脚注中除标注有"译者附注"字样的，均译自或改编自皇家版《莎士比亚全集》注释。脚注多为对剧文中背景知识及专名的解释，以使读者更好地理解剧情；亦包含部分与英文原文相关的脚注，以使读者在品味译者的佳文时，亦体验到英文原文的精妙。

　　四、文本：译本以第一对开本为蓝本，部分剧目中四开本与之明显相异的段落亦有译出，附于正文之后，供读者参考。

　　此《莎士比亚全集》新汉译本历经策划、翻译、编辑加工和印装等工序，各个环节的参与者均竭尽全力，力求完美，但由于水平、精力所限，难免有所错漏，敬请广大读者赐教指正。

外语教学与研究出版社

综合出版事业部

莎士比亚诗体重译集序

辜正坤

他非一代骚人，实属万古千秋。

这是英国大作家本·琼森（Ben Jonson）在第一部《莎士比亚全集》（*Mr. William Shakespeares Comedies, Histories, & Tragedies*, 1623）扉页上题诗中的诗行。三百多年来，莎士比亚在全球逐步成为一个家喻户晓的名字，似乎与这句预言在在呼应。但这并非偶然言中，有许多因素可以解释莎士比亚这一巨大的文化现象产生的必然性。最关键的，至少有下面几点。

首先，其作品内容具有惊人的多样性。世界上很难有第二个作家像莎士比亚这样能够驾驭如此广阔的题材。他的作品内容几乎无所不包，称得上英国社会的百科全书。帝王将相、走卒凡夫、才子佳人、恶棍屠夫……一切社会阶层都展现于他的笔底。从海上到陆地，从宫廷到民间，从国际到国内，从灵界到凡尘……笔锋所指，无处不至。悲剧、喜剧、历史剧、传奇剧，叙事诗、抒情诗……都成为他显示天才的文学样式。从哲理的韵味到浪漫的爱情，从盘根错节的叙述到一唱三叹的诗思，波涛汹涌的情怀，妙夺天工的笔触，凡开卷展读者，无不为之拊掌称绝。即使只从莎士比亚使用过的海量英语词汇来看，也令人产生仰之弥高的感觉。德国语言学家马克斯·缪勒（Max Müller）原以为莎士比亚使用过的词汇最多为 15,000 个，事后证明这当然是小看了语言大师的词汇储藏量。美国教授爱德华·霍尔登（Edward Holden）经过一番考察后，认为至少达 24,000 个。可是他哪里知道，这依然是一种低估。有学者甚至声称用电脑检索出莎士比亚用的词汇多达 43,566 个！当然，这些数据还不是莎士比亚作品之所以产生空前影响的关键因素。

其次，但也许是更重要的原因：他的作品具有极高的娱乐性。文学作品的生命力在于它能寓教于乐。莎士比亚的作品不是枯燥的说教，而是能够给予读者或观众极大艺术享受的娱乐性创造物，往往具有明显的煽情效果，有意刺激人的欲望。这种艺术取向当然不是纯粹为了娱乐而娱乐，掩藏在背后的是当时西方人强有力的人本主义精神，即用以人为本的价值观来对抗欧洲上千年来以神为本的宗教价值观。重欲望、重娱乐的人本主义倾向明显对重神灵、重禁欲的神本主义产生了极大的挑战。当然，莎士比亚的人本主义与中国古人所主张的人本主义有很大的区别。要而言之，前者在相当大的程度上肯定了人的本能欲望或原始欲望的正当性，而后者则主要强调以人的仁爱为本规范人类社会秩序的高尚的道德要求。二者都具有娱乐效果，但前者具有纵欲性或开放性娱乐效果，后者则具有节欲性或适度自律性娱乐效果。换句话说，对于 16、17 世纪的西方人来说，莎士比亚的作品暗中契合了试图挣脱过分禁欲的宗教教义的约束而走向个性解放的千百万西方人的娱乐追求，因此，它会取得巨大成功是势所必然的。

第三，时势造英雄。人类其实从来不缺善于煽情的作手或视野宏阔的巨匠，缺的常常是时势和机遇。莎士比亚的时代恰恰是英国文艺复兴思潮达到鼎盛的时代。禁欲千年之久的欧洲社会如堤坝围裹的宏湖，表面上浪静风平，其底层却汹涌着决堤的纵欲性暗流。一旦湖堤洞开，飞涛大浪呼卷而下，浩浩汤汤，汇作长河，而莎士比亚恰好是河面上乘势而起的弄潮儿，其迎合西方人情趣的精湛表演，遂赢得两岸雷鸣般的喝彩声。时势不光涵盖社会发展的总趋势，也牵连着别的因素。比如说，文学或文化理论界、政治意识形态对莎士比亚作品理解、阐释的多样性与莎士比亚作品本身内容的多样性产生相辅相成的效果。"说不尽的莎士比亚"成了西方学术界的口头禅。西方的每一种意识形态理论，尤其是文学理论，要想获得有效性，都势必会将阐释莎士比亚的作品作为试金石。17世纪初的人文主义，18世纪的启蒙主义，19世纪的浪漫主义，20世纪的现实主义或批判现实主义，都不同程度地、选择性地把莎士比亚作品作为阐释其理论特点的例证。也许17世纪的古典主义曾经阻遏过西方人对莎士比亚作品的过度热情，但是19世纪的浪漫主义流派却把莎士比亚作品推崇到无以复加的崇高地位，莎士比亚俨然成了西方文学的神灵。20世纪以来，西方资本主义阵营和社会主义阵营可以说在意识形态的各个方面都互相对立，势同水火，可是在对待莎士比亚的问题上，居然有着惊人的共识与默契。不用说，社会主义阵营的立场与社会主义理论的创始人马克思（Karl Marx）、恩格斯（Friedrich Engels）个人的审美情趣息息相关。马克思一家都是莎士比亚的粉丝；马克思称莎士比亚为"人类最伟大的天才之一，人类文学奥林波斯山上的宙斯"！他号召作家们要更加莎士比亚化。恩格斯甚至指出："单是《快乐的温莎巧妇》的第一幕就比全部德国文学包含着更多的生活气息。"不用说，这些话多多少少有某种程度的文学性夸张，但对莎士比亚的崇高地位来说，却无疑产生了极大的推动作用。

第四，1623年版《莎士比亚全集》奠定莎士比亚崇拜传统。这个版本即眼前译本所依据的皇家版《莎士比亚全集》(*The RSC William Shakespeare: Complete Works*, 2007) 的主要内容。该版本产生于莎士比亚去世的第七年。莎士比亚的舞台同仁赫明奇（John Heminge）和康德尔（Henry Condell）整理出版了第一部莎士比亚戏剧集。当时的大学者、大作家本·琼森为之题诗，诗中写道："他非一代骚人，实属万古千秋。"这个调子奠定了莎士比亚偶像崇拜的传统。而这个传统一旦形成，后人就难以反抗。英国文学中的莎士比亚偶像崇拜传统已经形成了一种自我完善、自我调整、自我更新的机制。至少近两百年来，莎士比亚的文学成就已被宣传成世界文学的顶峰。

　　第五，现在署名"莎士比亚"的作品很可能不只是莎士比亚一个人的成果，而是凝聚了当时英国若干戏剧创作精英的团体努力。众多大作家的智慧浓缩在以"莎士比亚"为代号的作品集中，其成就的伟大性自然就获得了解释。当然，这最后一点只是莎士比亚研究界若干学者的研究性推测，远非定论。有的莎士比亚著作爱好者害怕一旦证明莎士比亚不是署名为"莎士比亚"的著作的作者，莎士比亚的著作便失去了价值，这完全是杞人忧天。道理很简单，人们即使证明了《红楼梦》的作者不是曹雪芹，或《三国演义》的作者不是罗贯中，也丝毫不影响这些作品的伟大价值。同理，人们即使证明了《莎士比亚全集》不是莎士比亚一个人创作的，也丝毫不会影响《莎士比亚全集》是世界文学中的伟大作品这个事实，反倒会更有力地证明这个事实，因为集体的智慧远胜于个人。

皇家版《莎士比亚全集》译本翻译总思路

　　横亘于前的这套新译本，是依据当今莎学界最负声望的皇家版《莎士比亚全集》进行翻译的，而皇家版又正是以本·琼森题过诗的 1623 年版《莎士比亚全集》为主要依据。

　　这套译本是在考察了中国现有的各种译本后，根据新的历史条件和新的翻译目的打造出来的。其总的翻译思路是本套译本主编会同外语教学与研究出版社的相关领导和责任编辑讨论的结果。总起来说，皇家版《莎士比亚全集》译本在翻译思路上主要遵循了以下几条：

1. 版本依据。如上所述，本版汉译本译文以英国皇家版《莎士比亚全集》为基本依据。但在翻译过程中，译者亦酌情参阅了其他版本，以增进对原作的理解。

2. 翻译内容包括：内页所含全部文字。例如作品介绍与评论、正文、注释等。

3. 注释处理问题。对于注释的处理：1）翻译时，如果正文译文已经将英文版某注释的基本含义较准确地表达出来了，则该注释即可取消；2）如果正文译文只是部分地将英文版对应注释的基本含义表达出来，则该注释可以视情况部分或全部保留；3）如果注释本身存疑，可以在保留原注的情况下，加入译者的新注。但是所加内容务必有理有据。

4. 翻译风格问题。对于风格的处理：1）在整体风格上，译文应该尽量逼肖原作整体风格，包括以诗体译诗体，以散体译散体；2）在具体的文字传输处理上，通常应该注重汉译本身的文字魅力，增强汉译本的可读性。不宜太白话，不宜太文言；文白用语，宜尽量自然得体。句子不要太绕，注意汉语自身表达的句法结构，尤其是其逻辑表达方式。意义的异化性不等于文字形式本身的异化性，因此要注意用汉语的归化性来传输、保留原作含义的异化性。朱生豪先生的译本语言流畅、可读性强，但可惜不是诗体，有违原作形式。当下译本是要在承传朱先生译本优点的基础上，根据新时代的读者审美趣味，取得新的进展。梁实秋先生等的译本，在达意的准确性上，比朱译有所进步，也是我们应该吸纳的优点。但是梁译文采不足，则须注意避其短。方平先生等的译本，也把莎士比亚翻译往前推进了一步，在进行大规模诗体翻译方面作出了宝贵的尝试，但是离真正的诗体尚有距离。此外，前此的所有译本对于莎士比亚原作的色情类用语都有程度不同的忽略，本套皇家版译本则尽力在此方面还原莎士比亚的本真状态（论述见后文）。其他还有一些译本，亦都应该受到我们的关注，处理原则类推。每种译本都有自己独特的东西。我们希望美的译文是这套译本的突出特点。

5.借鉴他种汉译本问题。凡是我们曾经参考过的较好的译本，都在适当的地方加以注明，承认前辈译者的功绩。借鉴利用是完全必要的，但是要正大光明，避免暗中抄袭。

6.具体翻译策略问题特别关键，下文将其单列进行陈述。

莎士比亚作品翻译领域大转折：真正的诗体译本

莎士比亚首先是一个诗人。莎士比亚的作品基本上都以诗体写成。因此，要想尽可能还原本真的莎士比亚，就必须将莎士比亚作品翻译成为诗体而不是散文，这在莎学界已经成为共识。但是紧接而来的问题是：什么叫诗体？或需要什么样的诗体？

按照我们的想法：1）所谓诗体，首先是措辞上的诗味必须尽可能浓郁；2）节奏上的诗味（包括分行）等要予以高度重视；3）结合中国人的审美习惯，剧文可以押韵，也可以不押韵。但不押韵的剧文首先要满足前两个要求。

本全集翻译原计划由笔者一个人来完成。但是，莎士比亚的创作具有惊人的多样性，其作品来源也明显具有莎士比亚时代若干其他作家与作品的痕迹，因此，完全由某一个译者翻译成一种风格，也许难免偏颇，难以和莎士比亚风格的多样性相呼应。所以，集众人的力量来完成大业，应该更加合理，更加具有可操作性。

具体说来，新时代提出了什么要求？简而言之，就是用真正的诗体翻译莎士比亚的诗体剧文。这个任务，是朱生豪先生无法完成的。朱先生说过，他在翻译莎士比亚作品时，"当然预备全部用散文译出，否则将要了我的命"。[1] 显然，朱先生也考虑过用诗体来翻译莎士比亚著作的问题，但是他的结论是：第一，靠单独一个人用诗体翻译《莎士比亚全集》是办不到的，会因此累死；第二，他用散文翻译也是不得已的办法，因为只有这样他才有可能在有生之年完成《莎士比亚全集》的翻译工作。

将《莎士比亚全集》翻译成诗体比翻译成散文体要难得多。难到什么程度呢？和朱生豪先生的翻译进度比较一下就知道了。朱先生翻译得最快的时候，一天可以翻译一万字。[2] 为什么会这么快？朱先生才华过人，这当然是一个因素，但关键因素是：他是用散文翻译的。用真正的诗体就不一样了。以笔者自己的体验，今日照样用散文翻译莎士比亚剧本，最快时也可达到每日一万字。这是因为今日的译者有比以前更完备的注释本和众多的前辈汉译本作参考，至少在理解原著时，要比朱先生当年省力得多，所以翻译速度上最高达到一万字是不难的。但是翻译成诗体就是另外一回事了。这比自己写诗还要难得多。写诗是自己随意发挥，译诗则必须按照别人的意思发挥，等于是戴着镣铐跳舞。笔者自己写诗，诗兴浓时，一天数百行都可以写得出来，但是翻译诗，一天只能是几十行，统计成字数，往往还不到一千字，最多只是朱生豪先生散文翻译速度的十分之一。梁实秋先生翻译《莎士比亚全集》用的也是散文，但是也花了 37 年，如果要翻译成真正的诗体，那么至少得 370 年！由此可见，真正的诗体《莎士比亚全集》汉译本的诞生，有多么艰难。此次笔者约稿的各位译者，都是用诗体翻译，并且都表示花费了大量的时间，

1　见朱生豪大约在 1936 年夏致宋清如信："今天下午，我试译了两页莎士比亚，还算顺利，不过恐怕终于不过是 Poor Stuff 而已。当然预备全部用散文译出，否则将要了我的命。"（《伉俪：朱生豪宋清如诗文选》下卷，中国青年出版社，2013 年，第 94 页）

2　朱生豪："今天因为提起了精神，却很兴奋，晚上译了六千字，今天一共译一万字。"（同上，第 101 页）

皇家版《莎士比亚全集》译本凝聚了诸位译者的多少努力，也就不言而喻了。

翻译诗体分辨：不是分了行就是真正的诗

　　主张将莎士比亚剧作翻译成诗体成了共识，但是什么才是诗体，却缺乏共识。在白话诗盛行的时代，许多人只是简单地认定分了行的文字就是诗这个概念。分行只是一个初级的现代诗要求，甚至不必是必然要求，因为有些称为诗的文字甚至连分行形式都没有。不过，在莎士比亚作品的翻译上，要让译文具有诗体的特征，首先是必定要分行的，因为莎士比亚原作本身就有严格的分行形式。这个不用多说。但是译文按莎士比亚的方式分了行，只是达到了一个初级的低标准。莎士比亚的剧文读起来像不像诗，还大有讲究。

　　卞之琳先生对此是颇有体会的。他的译本是分行式诗体，但是他自己也并不认为他译出的莎士比亚剧本就是真正的诗体译本。他说：读者阅读他的译本时，"如果……不感到是诗体，不妨就当散文读，就用散文标准来衡量"。[1] 这是一个诚实的译者说出的诚实话。不过，卞先生很谦虚，他有许多剧文其实读起来还是称得上诗体的。原因是什么？原因是他注意到了笔者上文提到的两点：第一，诗的措辞；第二，诗的节奏。只不过他迫于某些客观原因，并没有自始至终侧重这方面的追求而已。

　　显然，一些译本翻译了莎士比亚的剧文，在行数上靠近莎士比亚原作，措辞也还流畅。这些是不是就是理想的诗体莎士比亚译本呢？笔者认为，这还不够。什么是诗，对于中国人来说有几千年的历史，我们不

1　卞之琳：《莎士比亚悲剧四种》，方志出版社，2007 年，第 4 页。

能脱离这个悠久的传统来讨论这个问题。为此，我们不得不重新提到一些基本概念：什么是诗？什么是诗歌翻译？

诗歌是语言艺术，诗歌翻译也就必须是语言艺术

讨论诗歌翻译必须从讨论诗歌开始。

诗主情。诗言志。诚然。但诗歌首先应该是一种精妙的语言艺术。同理，诗歌的翻译也就不得不首先表现为同类精妙的语言艺术。若译者的语言平庸而无光彩，与原作的语言艺术程度差距太远，那就最多只是原诗含义的注释性文字，算不得真正的诗歌翻译。

那么，何谓诗歌的语言艺术？

无他，修辞造句、音韵格律一整套规矩而已。无规矩不成方圆，无限制难成大师。奥运会上所有的技能比赛，无不按照特定的规矩来显示参赛者高妙的技能。德国诗人歌德（Johann Wolfgang von Goethe）《自然和艺术》（"Natur und Kunst"）一诗最末两行亦彰扬此理：

非限制难见作手，

唯规矩予人自由。[1]

艺术家的"自由"，得心应手之谓也。诗歌既为语言艺术，自然就有一整套相应的语言艺术规则。诗人应用这套规则时，一旦达到得心应手的程度，那就是达到了真正成熟的境界。当然，规矩并非一点都不可打破，但只有能够将规矩使用到随心所欲而不逾矩的程度的人，才真正有资格去创立新规矩，丰富旧规矩。创新是在承传旧规则长处的基础上来进行的，而不是完全推翻旧规则，肆意妄为。事实证明，在语言艺术上

---

1 In der Beschränkung zeigt sich erst der Meister, / Und das Gesetz nur kann uns Freiheit geben. 参见 http://www.business-it.nl/files/7d413a5dca62fc735a072b16fbf050b1-27.php.

凡无视积淀千年的诗歌语言规则，随心所欲地巧立名目、乱行胡来者，永不可能在诗歌语言艺术上取得大的成就，所以歌德认为：

> 若徒有放任习性，
>
> 则永难至境遨游。[1]

诗歌语言艺术如此需要规则，如此不可放任不羁，诗歌的翻译自然也同样需要相类似的要求。这个要求就是笔者前面提出的主张：若原诗是精妙的语言艺术，则理论上说来，译诗也应是同类精妙的语言艺术。

但是，"同类"绝非"同样"。因为，由于原作和译作使用的语言载体不一样，其各自产生的语言艺术规则和效果也就各有各的特点，大多不可同样复制、照搬。所以译作的最高目标，是尽可能在译入语的语言艺术领域达到程度大致相近的语言艺术效果。这种大致相近的艺术效果程度可叫作"最佳近似度"。它实际上也就是一种翻译标准，只不过针对不同的文类，最佳近似度究竟在哪些因素方面可最佳程度地（并不一定是最大程度地）取得近似效果，不是一成不变的，而是具有高度的灵活性。不同的文类，甚至针对不同的受众，我们都可以设定不同的最佳近似度。这点在拙著《中西诗比较鉴赏与翻译理论》（清华大学出版社，2010 年）的相关章节中有详细的厘定，此不赘。

话与诗的关系：话不是诗

古人的口语本来就是白话，与现在的人说的口语是白话一个道理。

---

1 Vergebens werden ungebundene Geister / Nach der Vollendung reiner Höhe streben. 参 见 http://www.cosmiq.de/qa/show/3454062/Vergebens-werden-ungebundne-Geister-Nach-der-Vollendung-reiner-Hoehe-streben-Was-ist-die-Bedeutung-dieser-2-Verse-Ich-komm-nicht-drauf/t.

正因为白话太俗，不够文雅，古人慢慢将白话进行改进，使它更加规范、更加准确，并且用语更加丰富多彩，于是文言产生。在文言的基础上，还有更文的文字现象，那就是诗歌，于是诗歌产生。所以就诗歌而言，文言味实际上就是一种特殊的诗味。文言有浅近的文言，也有佶屈聱牙的文言。中国传统诗歌绝大多数是浅近的文言，但绝非口语、白话。诗中有话的因素，自不待言，但话的因素往往正是诗试图抑制的成分。

文言和诗歌的产生是低俗的口语进化到高雅、准确层次的标志。文言和诗歌的进一步发展使得语言的艺术性愈益增强。最终，文言和诗歌完成了艺术性语言的结晶化定型。这标志着古代文学和文学语言的伟大进步。《诗经》、楚辞、唐诗、宋词、元明戏曲，以及从先秦、汉、唐、宋、元至明清的散文等，都是中国语言艺术逐步登峰造极的明证。

人们往往忘记：话不是诗，诗是话的升华。话据说至少有**几十万年**的历史，而诗却只有**几千年**的历史。白话通过漫长的岁月才升华成了诗。因此，从理论上说，白话诗不是最好的诗，而只是低层次的、初级的诗。当一行文字写得不像是话时，它也许更像诗。"太阳落下山去了"是话，硬说它是诗，也只是平庸的诗，人人可为。而同样含义的"白日依山尽"不像是话，却是真正的诗，非一般人可为，只有诗人才写得出。它的语言表达方式与一般人的通用白话脱离开来了，实现了与通用语的偏离（deviation from the norm）。这里的通用语指人们天天使用的白话。试想把唐诗宋词译成白话，还有多少诗味剩下来？

谢谢古代先辈们一代又一代、不屈不挠的努力，话终于进化成了诗。

但是，20世纪初一些激进的中国学者鼓荡起一场声势浩大的白话文运动。

客观说来，用白话文来书写、阅读自然科学和人文科学文献，例如哲学、政治学、伦理学、经济学等等文献，这都是**伟大的进步**。这个进步甚至可以上溯到八百多年前朱熹等大学者用白话体文章传输理学思想。对此笔者非常拥护，非常赞成。

但是约一百年前的白话诗运动却未免走向了极端，事实上是一种语言艺术方面的倒退行为。已经高度进化的诗词曲形式被强行要求返祖回归到三千多年前的类似白话的状态，已经高度语言艺术化了的诗被强行要求退化成话。艺术性相对较低的白话反倒成了正统，艺术性较高的诗反倒成了异端。其实，容许口语类白话诗和文言类诗并存，这才是正确的选择。但一些激进学者故意拔高白话地位，在诗歌创作领域搞成白话至上主义，这就走上了极端主义道路。

这个运动影响到诗歌翻译的结果是什么呢？结果是西方所有的大诗人，不论是古代的还是近代的，如荷马（Homer）、但丁（Dante）、莎士比亚、歌德、雨果（Victor Hugo）、普希金（Alexander Pushkin）……都莫名其妙地似乎用同一支笔写出了 20 世纪初才出现的味道几乎相同的白话文汉诗！

将产生这种极端性结果的原因再回推，我们会清楚地明白，当年的某些学者把文学艺术简单雷同于人文社会科学，误解了文学艺术，尤其是诗歌艺术的特殊性质，误以为诗就是话，混淆了诗与话的形式因素。

针对莎士比亚戏剧诗的翻译对策

由上可知，莎士比亚的剧文既然大多是格律诗，无论有韵无韵，它们都是诗，都有格律性。因此在汉译中，我们就有必要显示出它具有格律性，而这种格律性就是诗性。

问题在于，格律性是附着在语言形式上的；语言改变了，附着其上的格律性也就大多会消失。换句话说，格律大多不可复制或模仿，这就正如用钢琴弹不出二胡的效果，用古筝奏不出黑管的效果一样。但是，原作的内在旋律是可以模仿的，只是音色变了。原作的诗性是可以换个形式营造的，这就是利用汉语本身的语言特点营造出大略类似的语言艺术审美效果。

由于换了另外一种语言媒介，原作的语音美设计大多已经不能照搬、复制，甚至模拟了，那么我们就只好断然舍弃掉原作的许多语音美设计，而代之以译入语自身的语言艺术结构产生的语音美艺术设计。当然，原作的某些语音美设计还是可以尝试模拟保留的，但在通常的情况下，大多数的语音美已经不可能传输或复制了。

利用汉语本身的语音审美特点来营造莎士比亚诗歌的汉译语音审美效果，是莎士比亚作品翻译的一个有效途径。机械照搬原作的语音审美模式多半会失败，并且在大多数的场合下也没有必要。

具体说来，这就涉及翻译莎士比亚戏剧作品时该如何处理：1) 节奏；2) 韵律；3) 措辞。笔者主张，在这三个方面，我们都可以适当借鉴利用中国古代词曲体的某些因素。戏剧剧文中的诗行一般都不宜多用单调的律诗和绝句体式。元明戏剧为什么没有采用前此盛行的五言或七言诗行而采用了长短错杂、众体皆备的词曲体？这是一种艺术形式发展的必然。元明曲体由于要更好更灵活地满足抒情、叙事、论理等诸多需要，故借用发展了词的形式，但不是纯粹的词，而是融入了民间语汇。词这种形式涵盖了一言、二言、三言、四言、五言、六言、七言、八言……乃至十多言的长短句式，因此利于表达变化莫测的情、事、理。从这个意义上看，莎士比亚剧文语言单位的参差不齐状态与中文词曲体句式的参差不齐状态正好有某种相互呼应的效果。

也许有人说，莎士比亚的剧文虽然是格律诗，但并不怎么押韵，因此汉诗翻译也就不必押韵。这个说法也有一定道理，但是道理并不充实。

首先，我们应该明白，既然莎士比亚的剧文是诗体，人们读到现今的散体译文或不押韵的分行译文却难以感受到其应有的诗歌风味，原因即在于其音乐性太弱。如果人们能够照搬莎士比亚素体诗所惯常用的音步效果及由此引起的措辞特点，当然更好。但事实上，原作的节奏效果是印欧语系语言本身的效果，换了一种语言，其效果就大多不能搬用了，所以我们只好利用汉语本身的优势来创造新的音乐美。这种音乐美很难说是原作的音乐美，但是它毕竟能够满足一点：即诗体剧文应该具有诗歌应有的音乐美这个起码要求。而汉译的押韵可以强化这种音乐美。

其次，莎士比亚的剧文不押韵是由诸多因素造成的。第一，属于印欧语系语言的英语在押韵方面存在先天的多音节不规则形式缺陷，导致押韵词汇范围相对较窄。所以对于英国诗人来说，很苦于押韵难工；莎士比亚的许多押韵体诗，例如十四行诗，在押韵方面都不很工整。其次，莎士比亚的剧文虽不押韵，却在节奏方面十分考究，这就弥补了音韵方面的不足。第三，莎士比亚的剧文几乎绝大多数是诗行，对于剧作者来说，每部长达两三千行的诗行行都要押韵，这是一个极大的挑战，很难完成。而一旦改用素体，剧作者便会轻松得多。但是，以上几点对于汉语译本则不是一个问题。汉语的词汇及语音构成方式决定了它天生就是一种有利于押韵的艺术性语言。汉语存在大量同韵字，押韵是一件很容易的事情。汉语的语音音调变化也比莎士比亚使用的英语的音调变化空间大一倍以上。汉语音调至少有四种（加上轻重变化可达六至八种），而英语的音调主要局限于轻重语调两种，所以存在于印欧语系文字诗歌中的频频押韵有时会产生的单调感，在汉语中会在很大程度上由于语调的多变而得到缓解。故汉语戏剧剧文在押韵方面有很大的潜在优势空间，实际上元明戏剧剧文频频押韵就是证明。

第三，莎士比亚的剧文虽然很多不押韵，但却具极强的节奏感。他惯用的格律多半是抑扬格五音步（iambic pentameter）诗行。如果我们在节奏方面难以传达原作的音美，或者可以通过韵律的音美来弥补节奏美的丧失，这种翻译对策谓之堤内损失堤外补，亦谓失之东隅，收之桑榆。我们的语言在某方面有缺陷，可以通过另一方面的优点来弥补。当然，笔者主张在一定程度上借鉴利用传统词曲的风味，却并不主张使用宋词、元曲式的严谨格律，而只是追求一种过分散文化和过分格律化之间的妥协状态。有韵但是不严格，要适当注意平仄，但不过多追求平仄效果及诗行的整齐与否；不必有太固定的建行形式，只是根据诗歌本身的内容和情绪赋予适当的节奏与韵式。在措辞上则保持与白话有一段距离，但是绝非佶屈聱牙的文言，而是趋近典雅、但普通读者也能读懂的语言。

最后，根据翻译标准多元互补论原理，由于莎士比亚作品在内容、形式及审美效应方面具有多样性，因此，只用一种类乎纯诗体译法来翻译所有的莎士比亚剧文，也是不完美的，因为单一的做法也许无形中堵塞了其他有益的审美趣味通道。因此，这套译本的译风虽然整体上强调诗化、诗味，但是在营造诗味的途径和程度上不是单一的。我们允许诗体译风的灵活性和创新性。多译者译法实际上也是在探索诗体译法的诸多可能性，这为我们将来进一步改进这套译本铺垫了一条较宽的道路。因此，译文从严格押韵、半押韵到不押韵的各个程度，译本都有涉猎。但是，无论是否押韵，其节奏和措辞应该总是富于诗意，这个要求则是统一的。这是我们对皇家版《莎士比亚全集》译本的语言和风格要求。不能说我们能完全达到这个目标，但我们是往这个方向努力的。正是这样的努力，使这套译本与前此译本有很大的差异，在一定的意义上来说，标志着中国莎士比亚著作翻译的一次大转折。

翻译突破：还原莎士比亚作品禁忌区域

另有一个课题是中国学者从前讨论得比较少的禁忌领域，即莎士比亚著作中的性描写现象。

　　许多西方学者认为，莎士比亚酷爱色情字眼，他的著作渗透着性描写、性暗示。只要有机会，他就总会在字里行间，用上与性相联系的双关语。西方人很早就搜罗莎士比亚著作的此类用语，编纂了莎士比亚淫秽用语词典。这类词典还不止一种。1995 年，我又看到弗朗基·鲁宾斯坦（Frankie Rubinstein）等编纂了《莎士比亚性双关语释义词典》（*A Dictionary of Shakespeare's Sexual Puns and Their Significance*），厚达 372 页。

　　赤裸裸的性描写或过多的淫秽用语在传统中国文学作品中是受到非议的，尽管有《金瓶梅》这样被判为淫秽作品的文学现象，但是中国传统的主流舆论还是抑制这类作品的。莎士比亚的作品固然不是通常意义上的淫秽作品，但是它的大量实际用语确实有很强的色情味。这个极鲜明的特点恰恰被前此的所有汉译本故意掩盖或在无意中抹杀掉。莎士比亚的所有汉译者，尤其是像朱生豪先生这样的译者，显然不愿意中国读者看到莎士比亚的文笔有非常泼辣的大量使用性相关脏话的特点。这个特点多半都被巧妙地漏译或改译。于是出现一种怪现象，莎士比亚著作中有些大段的篇章变成汉语后，尽管读起来是通顺的，读者对这些话语却往往感到莫名其妙。以《罗密欧与朱丽叶》第一幕第一场前面的 30 行台词为例，这是凯普莱特家两个仆人山普孙与葛莱古里之间的淫秽对话。但是，读者阅读过去的汉译本时，很难看到他们是在说淫秽的脏话，甚至会认为这些对话只是仆人之间的胡话，没有什么意义。

　　不过，前此的译本对这类用语和描写的态度也并不完全一样，而是依据年代距离在逐步改变。朱生豪先生的译本对这些东西删除改动得最多，梁实秋先生已经有所保留，但还是有节制。方平先生等的译本保留得更多一些，但仍然持有相当的保留态度。此外，从英语的不同版本看，有的版本注释得明白，有的版本故意模糊，有的版本注释者自己也没有弄懂这些双关语，那就更别说中国译者了。

在这一点上，我们目前使用的皇家版《莎士比亚全集》是做得最好的。

那么，我们该怎样来翻译莎士比亚的这种用语呢？是迫于传统中国道德取向的习惯巧妙地回避，还是尽可能忠实地传达莎士比亚的本真用意？我们认为，前此的译本依据各自所处时代的中国人道德价值的接受状态，采用了相应的翻译对策，出现了某种程度的曲译，这是可以理解的，是特定历史条件下的产物。但是，历史在前进，中国人的道德观已经有了很大的改变，尤其是在性禁忌领域。说实话，无论我们怎样真实地还原莎士比亚著作中的性双关描写，比起当代文学作品中有时无所忌讳的淫秽描写来，莎士比亚还真是有小巫见大巫的感觉。换句话说，目前中国人在这方面的外来道德价值接受状态，已经完全可以接受莎士比亚著作中的性双关用语了。因此，我们的做法是尽可能真实还原莎士比亚性相关用语的现象。在通常的情况下，如果直译不能实现这种现象的传输，我们就采用注释。可以说，在这方面，目前这个版本是所有莎士比亚汉译本中做得最超前的。

译法示例

莎士比亚作品的文字具有多种风格，早期的、中期的和晚期的语言风格有明显区别，悲剧、喜剧、历史剧、十四行诗的语言风格也有区别。甚至同样是悲剧或喜剧，莎士比亚的语言风格往往也会很不相同。比如同样是属于悲剧，《罗密欧与朱丽叶》剧文中就常常有押韵的段落，而大悲剧《李尔王》却很少押韵；同样是喜剧，《威尼斯商人》是格律素体诗，而《快乐的温莎巧妇》却大多是散文体。

　　与此现象相应，我们的翻译当然也就有多种风格。虽然不完全一一对应，但我们有意避免将莎士比亚著作翻译成千篇一律的一种文体。从这个意义上说，皇家版《莎士比亚全集》汉译本在某些方面采用了全新的译法。这种全新译法不是孤立的一种译法，而是力求展示多种翻译风格、多种审美尝试。多样化为我们将来精益求精提供了相对更多的选择。如果现在固定为一种单一的风格，那么将来要想有新的突破，就困难了。概括说来，我们的多种翻译风格主要包括：1）有韵体诗词曲风味译法；2）有韵体现代文白融合译法；3）无韵体白话诗译法。下面依次选出若干相应风格的译例，供读者和有关方面品鉴。

一、有韵体诗词曲风味译法

　　有韵体诗词曲风味译法注意使用一些传统诗词曲中诗味比较浓郁的词汇，同时注意遣词不偏僻，节奏比较明快，音韵也比较和谐。但是，它们并不是严格意义上的传统诗词曲，只是带点诗词曲的风味而已。例如：

女巫甲　　何时我等再相逢？
　　　　　　闪电雷鸣急雨中？

女巫乙　　待到硝烟烽火静，
　　　　　　沙场成败见雌雄。

女巫丙　　残阳犹挂在西空。　　　　　　（《麦克白》第一幕第一场）

小丑甲　　当时年少爱风流，
　　　　　　有滋有味有甜头；
　　　　　　行乐哪管韶华逝，
　　　　　　天下柔情最销愁。　　　　　　（《哈姆莱特》第五幕第一场）

朱丽叶　天未曙，罗郎，何苦别意匆忙？

　　　　鸟音啼，声声亮，惊骇罗郎心房。

　　　　休听作破晓云雀歌，只是夜莺唱，

　　　　石榴树间，夜夜有它设歌场。

　　　　信我，罗郎，端的只是夜莺轻唱。

罗密欧　不，是云雀报晓，不是莺歌，

　　　　看东方，无情朝阳，暗洒霞光，

　　　　流云万朵，镶嵌银带飘如浪。

　　　　星斗如烛，恰似残灯剩微芒，

　　　　欢乐白昼，悄然驻步雾嶂群岗。

　　　　奈何，我去也则生，留也必亡。

朱丽叶　听我言，天际微芒非破晓霞光，

　　　　只是金乌，吐射流星当空亮，

　　　　似明炬，今夜为郎，朗照边邦，

　　　　何愁它曼托瓦路，漫远悠长。

　　　　且稍待，正无须行色皇皇仓仓。

罗密欧　纵身陷人手，蒙斧钺加诛于刑场；

　　　　只要这勾留遂你愿，我欣然承当。

　　　　让我说，那天际灰朦，非黎明醒眼，

　　　　乃月神眉宇，幽幽映现，淡淡辉光；

　　　　那歌鸣亦非云雀之讴，哪怕它

　　　　嚣然振动于头上空冥，嘹亮高亢。

　　　　我巴不得栖身此地，永不他往。

　　　　来吧，死亡！倘朱丽叶愿遂此望。

　　　　如何，心肝？畅谈吧，趁夜色迷茫。

　　　　　　　　　　（《罗密欧与朱丽叶》第三幕第五场）

二、有韵体现代文白融合译法

有韵体现代文白融合译法的特点是：基本押韵，措辞上白话与文言尽量能够水乳交融；充分利用诗歌的现代节奏感，俾便能够念起来朗朗上口。例如：

哈姆莱特 死，还是生？这才是问题根本：

莫道是苦海无涯，但操戈奋进，

终赢得一片清平；或默对逆运，

忍受它箭石交攻，敢问，

两番选择，何为上乘？

死灭，睡也，倘借得长眠

可治心伤，愈千万肉身苦痛痕，

则岂非美境，人所追寻？死，睡也，

睡中或有梦魇生，唉，症结在此；

倘能撒手这碌碌凡尘，长入死梦，

又谁知梦境何形？念及此忧，

不由人踌躇难定：这满腹疑情

竟使人苟延年命，忍对苦难平生。

假如借短刀一柄，即可解脱身心，

谁甘愿受人世的鞭挞与讥评，

强权者的威压，傲慢者的骄横，

失恋的痛楚，法律的耽延，

官吏的暴虐，甚或默受小人

对贤德者肆意拳脚加身？

谁又愿肩负这如许重担，

流汗、呻吟，疲于奔命，

倘非对死后的处境心存疑云，

惧那未经发现的国土从古至今
无孤旅归来，意志的迷惘
使我辈宁愿忍受现世的忧闷，
而不敢飞身投向未知的苦境？
前瞻后顾使我们全成懦夫，
于是，本色天然的决断决行，
罩上了一层思想的惨淡余阴，
只可惜诸多待举的宏图大业，
竟因此如逝水忽然转向而行，
失掉行动的名分。　　　　　（《哈姆莱特》第三幕第一场）

麦克白　　若做了便是了，则快了便是好。
若暗下毒手却能横超果报，
割人首级却赢得绝世功高，
则一击得手便大功告成，
千了百了，那么此际此宵，
身处时间之海的沙滩、岸畔，
何管它来世风险逍遥。但这种事，
现世永远有裁判的公道：
教人杀戮之策者，必受杀戮之报；
给别人下毒者，自有公平正义之手
让下毒者自食盘中毒肴。　　　　（《麦克白》第一幕第七场）

损神，耗精，愧煞了浪子风流，
都只为纵欲眠花卧柳，
阴谋，好杀，赌假咒，坏事做到头；

心毒手狠，野蛮粗暴，背信弃义不知羞。

才尝得云雨乐，转眼意趣休。

舍命追求，一到手，没来由

便厌腻个透。呀恰，恰像是钓钩，

但吞香饵，管教你六神无主不自由。

求时疯狂，得时也疯狂，

曾有，现有，还想有，要玩总玩不够。

适才是甜头，转瞬成苦头。

求欢同枕前，梦破云雨后。

唉，普天下谁不知这般儿歹症候，

却避不得便往这通阴曹的天堂路儿上走！

（十四行诗第一百二十九首）

三、无韵体白话诗译法

无韵体白话诗译法的特点是：虽然不押韵，但是译文有很明显的和谐节奏，措辞畅达，有诗味，明显不是普通的口语。例如：

贡妮芮　　父亲，我爱您非语言所能表达；

胜过自己的眼睛、天地、自由；

超乎世上的财富或珍宝；犹如

德貌双全、康强、荣誉的生命。

子女献爱，父亲见爱，至多如此；

这种爱使言语贫乏，谈吐空虚：

超过这一切的比拟——我爱您。（《李尔王》第一幕第一场）

李尔　　　国王要跟康沃尔说话，慈爱的父亲

要跟他女儿说话，命令、等候他们服侍。

这话通禀他们了吗？我的气血都飙起来了！
火爆？火爆公爵？去告诉那烈性公爵——
不，还是别急：也许他是真不舒服。
人病了，常会疏忽健康时应尽的
责任。身子受折磨，
逼着头脑跟它受苦，
人就不由自主了。我要忍耐，
不再顺着我过度的轻率任性，
把难受病人偶然的发作，错认是
健康人的行为。我的王权废掉算了！
为什么要他坐在这里？这种行为
使我相信公爵夫妇不来见我
是伎俩。把我的仆人放出来。
去跟公爵夫妇讲，我要跟他们说话，
现在就要。叫他们出来听我说，
不然我要在他们房门前打起鼓来，
不让他们好睡。　　　　　　　　（《李尔王》第二幕第二场）

奥瑟罗　诸位德高望重的大人，
我崇敬无比的主子，
我带走了这位元老的女儿，
这是真的；真的，我和她结了婚，说到底，
这就是我最大的罪状，再也没有什么罪名
可以加到我头上了。我虽然
说话粗鲁，不会花言巧语，
但是七年来我用尽了双臂之力，

直到九个月前，我一直
都在战场上拼死拼活，
所以对于这个世界，我只知道
冲锋向前，不敢退缩落后，
也不会用漂亮的字眼来掩饰
不漂亮的行为。不过，如果诸位愿意耐心听听，
我也可以把我没有化装掩盖的全部过程，
一五一十地摆到诸位面前，接受批判：
我绝没有用过什么迷魂汤药、魔法妖术，
还有什么歪门邪道——反正我得到他的女儿，
全用不着这一套。　　　　　（《奥瑟罗》第一幕第三场）

目　录

《快乐的温莎巧妇》[1]导言

　　1702 年，诗人兼评论家约翰·丹尼斯（John Dennis）改写了《快乐的温莎巧妇》，题名为《可笑的求爱者；或名：约翰·福斯塔夫爵士偷情记》（*The Comical Gallant: or, the Amours of Sir John Falstaff*）。丹尼斯宣称莎士比亚的原剧是伊丽莎白女王的最爱。他甚至还说："这出戏是奉她之命而写的，受到她的指点；女王迫不及待要看它上演，下令在十四天内完成；之后，据传，她对演出十分满意。"过了几年，尼古拉斯·罗[2]编辑莎士比亚的作品时，在附录的生平事迹里，这个故事又得到发挥：女王太喜爱"《亨利四世》上、下篇中的杰出角色福斯塔夫"，便命令莎士比亚"再续写一出戏，演他的恋爱故事"。

　　我们不知道这个故事真实与否，不过，由女王下令叫福斯塔夫转世，离开酒馆和战场来到女人的闺房和装脏衣服的篓子里，这个点子倒是大有看头。毫无疑问，这出戏在 18 和 19 世纪广受欢迎，主要是因为它让

1　英文剧名为 The Merry Wives of Windsor，朱生豪先生译作《温莎的风流娘儿们》；重译本综合考虑了剧情和英文书名，译作《快乐的温莎巧妇》。——译者附注

2　尼古拉斯·罗（Nicholas Rowe, 1674–1718）：英国戏剧家，是第一本研究型莎士比亚全集的编者。——译者附注

福斯塔夫能够尽情发挥。19世纪末，这出戏又迎来另一个新变化：威尔第（Verdi）和博伊托（Boito）重新创作了喜歌剧《福斯塔夫》，这可能是众多莎士比亚歌剧中最伟大的一部。

17世纪一位名叫菲利普·金（Philip King）的教育理论家曾抱怨那种认为"从莎士比亚的《快乐的温莎巧妇》里可以撷取我们英国所有妇女的情况"的说法太可笑。而在17世纪60年代，那时顶尖的英国女性知识分子——纽卡斯尔公爵夫人玛格丽特·卡文迪什（Margaret Cavendish, Duchess of Newcastle），以那些太太作为强大的证据，证明莎士比亚描述妇女的天分："有谁能把克莉奥佩特拉描写得比他更好？还有他自创的许多女性，例如安妮·培琪、培琪太太、浮德太太、医师的女仆、贝特丽丝、奎克莉太太、桃儿·贴席等，不胜枚举。"这一点上虽然金反对而公爵夫人赞成，但他们两人显然都同意《巧妇》是莎士比亚最佳的妇女戏之一。莎翁其他喜剧都是求爱的戏，结局不外结婚或许婚，《快乐的温莎巧妇》更在意的是聪慧的妻子如何支撑社会。这出戏是莎士比亚最近似情景喜剧的一部，以家庭为场景，不断有人穿梭门户。

"快乐的巧妇"意谓在这出戏里女人会占上风，"温莎"则预告此乃英国城市生活的喜剧。这和莎士比亚16世纪90年代末期及17世纪初期的其他喜剧形成鲜明对比；那些喜剧的场景多在宫廷、欧陆，常为田园。莎士比亚没有写过当时的一个主要戏剧类型——伦敦生活喜剧。的确，除了《亨利四世》上、下篇里一些东市（Eastcheap）场景，温莎算是最接近的了。都市喜剧乃是本·琼森（Ben Jonson）、托马斯·德克尔（Thomas Dekker）、托马斯·米德尔顿（Thomas Middleton）的主打强项；这班略微年轻的剧作家在世纪之交登上舞台。

然而温莎并非伦敦。尽管这出戏包含了都市喜剧常见的几种角色类型——爱吃醋的丈夫、市民的待嫁女儿、来自乡下的傻瓜——但它的背景更接近于地方城市，而非喧闹的都会。剧作家自己在埃文河畔斯特拉特福（Stratford-upon-Avon）的生活对此戏创作的影响，可能大过激发他写作其他喜剧的任何文学材料来源。该剧有一场中描写一个名叫威廉的顽皮男孩练习拉丁文法，感觉上是莎士比亚作品里最贴近自传式回顾的一景。

温莎也不是一般的英国城市。它的城堡和皇家公园使之等同于王室所在。在剧末公园之夜那一场中，奎克莉太太以仙后身份向伊丽莎白女王献上一个幸运符；在这之前几年，诗人埃德蒙·斯宾塞（Edmund Spenser）就曾写下不朽诗篇，把女王比喻为英格兰的仙后。《巧妇》既有皇家背景，又与历史剧息息相关，还是莎士比亚唯一有英国背景的喜剧，难免对"英国特色"（Englishness）多有着墨。戏中对诚实与欺骗、真假骑士、上流社会的本质有滑稽式的处理，以一种新基调重新表述了《亨利四世》里的某些内容。然而对国家认同最持久的探索，则是在语言层次上。

莎士比亚的诗一向备受推崇，所以《巧妇》的语言常常被低估，只因在其诸多戏剧里，这一出的散文比例最高。不过剧中的散文如行云流水，沛然莫之能御：自始至终是川流不息的文字游戏、讽刺影射，以及爆笑的语言误解。滑稽的求爱者是这里的关键：威尔士牧师爱文斯大人和法国大夫凯兹的特点是恶搞英语。凯兹不时出现的法国发音犹如语言抽搐(By gar [妈的], vat is? [啥是？])，还有爱文斯简简单单把 v 念成 f（因此在拉丁文课上，文法名词 vocative [呼格] 变成了听来猥亵的 focative [发音近似 fuck（肏）]）都大大增加了趣味。语言较劲取代了真刀真枪。在历史剧中，国家尊严来自武力的强悍；于此则有赖文字的力量。当威尔士人和法国人为了争夺安妮而预备决斗的时候，夏禄和培琪拿走了他们的剑，客栈店主说："让他们保住手脚完好，来砍杀咱们的英语吧。"

拿外国人恶搞英语作为喜剧材料可能是源自粗俗的爱国心理或淡淡

的惧外症。较有深度的爱国主义和较丰富的喜剧形式来自英语化险为夷的能力。那可是福斯塔夫的艺术——广义来说，也就是莎士比亚及莎剧演员的艺术。福斯塔夫一再受到羞辱，但他对英语的娴熟运用总能让他取得最后发言权。当他发现掐他打他的不是真的小妖而是爱文斯牧师及其儿童班的学生，福斯塔夫堂而皇之反问了一句："难道俺活着是要让一个把英语弄成油炸肉片的家伙来奚落？"又说："对这威尔士廉价粗毛料我都答不上话了。"虽然他的肉体受到羞辱（"丢人现眼"），但他的语言天分却从来没有败下阵来。如同他的创作者，他似乎有本事把一切都幻化为语言。一次又一次，皮肉之痛转化成表现语言的机会；此时一种假装的不可置信的语调营造出一种特有的过分与谦卑，自欺与自知，使剧院观众无可抗拒。

参考资料

剧情：待在温莎的约翰·福斯塔夫爵士穷途潦倒，决计引诱两个有钱人的妻子，好发一笔财。他给培琪太太和浮德太太各寄了一封内容完全相同的情书，但她们发现了他的两面手法，便将计就计，安排他在浮德太太家里幽会。嫉妒心重的浮德得知福斯塔夫的计划，决意考验妻子的忠贞。他假扮为布鲁姆先生，付一笔钱给福斯塔夫，要他代为引诱自己的妻子，而两次的相会都几乎给他逮个正着。培琪的女儿安妮有三个追求者。法国大夫凯兹是她母亲中意的，她的父亲看上法官夏禄的亲戚斯兰德。安妮自己爱的则是范顿。三个求爱者都送钱给奎克莉太太请她帮忙。凯兹大夫和爱文斯牧师因为客栈主人的戏弄而决斗不成，两人之后也报了这一箭之仇。在温莎大公园之夜，福斯塔夫中计，受到最后的惩罚——而安妮的一个求爱者成功赢得佳人。

主要角色：（列有台词行数百分比 / 台词段数 / 上场次数）福斯塔夫（17%/136/9），培琪太太（12%/101/9），浮德（12%/99/9），奎克莉太太（10%/74/9），爱文斯（8%/87/9），浮德太太（6%/85/7），培琪（6%/75/11），斯兰德（5%/56/7），夏禄（4%/59/7），凯兹（4%/49/8），店主（4%/46/8），范顿（4%/20/4），毕斯托尔（2%/29/5），辛普（2%/25/5），安妮·培琪（1%/19/3）。

语体风格： 诗体约占 10%，散体约占 90%。散体比例为全集中最高。

创作年代： 1597–1601 年。因为最后一场戏提到嘉德勋章[1]，导致有些人认为这出戏是在 1597 年 4 月白厅嘉德勋章颁授庆典上演出，甚至是特别为此打造的。当时宫内大臣（也是莎士比亚剧团的赞助人）乔治·凯里（George Carey）入选；同时入选的还有（未亲自出席的）符腾堡公爵腓特烈（Frederick Duke of Württemberg）（或许因此客栈店主失马那场戏才会提到一位德国公爵）。也有人指出 1597–1598 年宫廷冬演季以及 1599 年的嘉德勋章颁授庆典是这出戏演出的场合。支持后者的理由是，考勃汉八世勋爵亨利·布鲁克（Henry Brooke, eighth Lord Cobham）获选嘉德骑士，和剧中"布鲁克 / 布鲁姆"这一关键姓氏（the Brooke/Broom crux）（见下面"文本"说明）密切相关。反对"1597 年说"的理由是，这出戏若先于《亨利四世》（下），似乎不合常理推断：福斯塔夫和夏禄的关系，以及那帮"不守规矩的怪咖"[2]很有可能先创作于那出历史剧中，然后才再出现于这部喜剧中，而不是颠倒过来（不过也有人说《巧妇》是莎士比亚撰写《亨利四世》（下）中途匆匆草就的）。由于有"怪

1　嘉德勋章（Order of the Garter）是英国位阶最高的勋章。——译者附注
2　语出梅尔基奥里（Giorgio Melchiori），"A Mediterranean Falstaff"（2000）。——译者附注

癖"喜剧（'humoral' comedy）的元素，这出戏的创作年代应该在本·琼森《人各有癖》（*Every Man in his Humour*, 1598）掀起风潮之后。反对这出戏是为了特定嘉德勋章颁授庆典而写的理由是，相对于较短的假面戏或宫廷式娱乐，一出正规长度的喜剧不可能在这种场合演出。米尔斯 [1] 没有提到这出戏，可见最早的公演时间应该是 1598 年末或 1599 年。1602 年的四开本书名页清楚显示曾在宫廷及公众戏院演出过。四开本略去了提到嘉德勋章的台词以及许多其他对温莎和宫廷的指涉。从四开本和对开本文本的主要差异（见下文）来看，剧本写作分了几个阶段，演出也可能有不同版本。

取材来源：主要情节没有已知的题材来源，但求爱者企图引诱人妻，事发而被藏在古怪处，乃是传统喜剧主题，一如机巧的妻子占了上风（巴纳比·里奇 [Barnabe Riche]《告别军旅》[*Farewell to Military Profession*] 书中的一个故事即有这种例子；该书也是莎士比亚《第十二夜》[*Twelfth Night*] 的主要取材来源）；多位竞争者追逐一位甚具吸引力的闺女安妮之情节，也有许多类似故事可循。盗马的插曲或许暗指符腾堡公爵 1592 年访问英国的事，克里斯托弗·马洛（Christopher Marlowe）的《浮士德博士》（*Dr Faustus*）中有相似的喜剧桥段。公园里头戴犄角的福斯塔夫则结合了民间传说中的猎户赫恩（Herne the Hunter）以及古典神话的阿克泰翁（Actaeon）（出自奥维德 [Ovid]《变形记》[*Metamorphoses*]）。掐人的众仙子本身是从约翰·黎里（John Lyly）1591 年出版的剧本《恩底弥翁，月球里的人》（*Endymion, the Man in the Moon*）掐过来的。

---

1 弗朗西斯·米尔斯（Francis Meres）：英国文学评论家，其作品《帕拉斯的管家》（*Palladis Tamia*，1598 年 9 月 7 日出版）中列有莎士比亚著作清单。——译者附注

文本：四开本于 1602 年出版。此版本显然是舞台演出的"转述本"；长度约为对开本的一半，且有许多讹误。于 1619 年重刊。1623 年的第一对开本是根据国王剧团（King's Men）专业抄写员拉尔夫·克兰（Ralph Crane）的抄本排印，不过无法确定他抄录的是剧场本还是作者手稿。

四开本让人怀疑对开本的两处重要细节。第一，浮德假扮时四开本中自称"布鲁克"（Brooke [本义：溪，河]）而非对开本的"布鲁姆"（Broom [本义：扫帚]）。"布鲁克"明显是莎士比亚的本意，因为跟"浮德"（Ford [本义：津，渡]）有"水"源关系，也成就了至少一处液体双关语（"美酒满溢的布鲁克 [小河]，多多益善"['Such Brooks are welcome to me, that o'erflows such liquor'—2.2.107]）。对开本改称"布鲁姆"，很可能是为了避免冒犯一个权贵家族；莎士比亚在《亨利四世》（上）中已经因此惹了麻烦：由于考勃汉勋爵反对约翰·欧卡叟爵士（Sir John Oldcastle）这个名字，后来莎士比亚把它改为约翰·福斯塔夫爵士。考勃汉家族的姓氏为布鲁克，所以可能他们会再度介入，或者是作者因担心他们会介入而改了名。我们采用对开本的布鲁姆，但演出时也许最好还原为布鲁克，以发挥水笑话的梗。毕竟，福斯塔夫并没有躲在扫帚柜里；他是被扔进了河里。

另一个问题是颜色暗号。来到本剧高潮处，正当儿童唱着歌，掐捏福斯塔夫的时候，安妮的三个追求者上场，各自带走一个他们自以为是安妮的精灵。在对开本里，培琪先生告诉斯兰德他女儿会穿白衣，但是后来斯兰德出来报告丢人现眼的消息，说他抓了一个男孩，跟他结婚了 [1]；而他说他带走的是穿绿衣的仙子。凯兹呢，正好相反：培琪太太告诉他，安妮会穿绿衣，但他带走的是白衣男孩。18 世纪以来，编者都把剧

1　实则在对开本里，斯兰德并没有和那男孩结婚，倒是凯兹和白衣男孩成了亲。——译者附注

末对白里的颜色倒换回来，好与原先的设计一致。由于这个前后不一致最有可能是作者造成而非手民误植，所以我们没有修正，但在戏文和文本注释里会提及。

乔纳森·贝特（Jonathan Bate）

快乐的温莎巧妇

玛格丽特·培琪，温莎人

乔治·培琪，玛格丽特·培琪的丈夫

安妮·培琪，他们的女儿

威廉·培琪，男童，他们的儿子

艾丽斯·浮德，温莎人

弗兰克·浮德，艾丽斯·浮德的丈夫

范顿，年轻绅士，爱上安妮

约翰·福斯塔夫爵士

巴道夫

毕斯托尔 } 福斯塔夫的随从

尼姆

罗宾，福斯塔夫的小厮

罗伯特·夏禄，乡绅，乡村法官

亚伯拉罕·斯兰德，夏禄的外甥 } 来自乡下

彼得·辛普，斯兰德的仆人

休·爱文斯大人，威尔士籍牧师

嘉德客栈的店主

凯兹大夫，法国医师

约翰·勒格比，凯兹大夫的仆人

奎克莉，凯兹大夫的管家

仆佣若干；扮演精灵的温莎儿童若干

第一幕[1]

第一场 / 第一景

温莎[2]

法官夏禄、斯兰德与休·爱文斯大人上

夏禄　　　爱文斯大人，别劝我了。我要上告特别法庭。哪怕他是二十个约翰·福斯塔夫爵士，也不许他欺负我，贵人罗伯特·夏禄。

斯兰德　　格洛斯特郡的治安法官兼执行推事。

夏禄　　　是啊，斯兰德外甥，还负责卷管呢。

斯兰德　　对，也是卷款[3]推事呢。牧师大人，他是乡绅子弟，在任何法律文书、同意书、免责书或是契约书上签字时；他都要在名字前头写上"贵人"两个字。

1　译者按：译文中的脚注，若是取自原版，不另说明；若是译者自注或参考其他版本所得，则于脚注后注明为"译者附注"。

　　本译文脚注参考版本如下：Giorgio Melchiori, ed., *The Merry Wives of Windsor* (London: Thomas Nelson and Sons, 2000); T. W. Craik, ed., *The Merry Wives of Windsor* (Oxford and New York: Oxford UP, 1990, 2008); David Crane, ed., *The Merry Wives of Windsor* (London and New York: Cambridge UP, 1997, 2010; updated edition); Walter Cohen, ed., *The Merry Wives of Windsor*, in Stephen Greenblatt et al, eds., *The Norton Shakespeare* (New York and London: W. W. Norton, 1997); 方平，译，《温莎的风流娘儿们》，收入方平主编，《新莎士比亚全集·第二卷：喜剧》(台北：猫头鹰出版社，2000)。

2　温莎：英国城市，位于伦敦以西25英里处。本剧所有情节都发生在温莎，场景地包括街道、培琪家、浮德家、嘉德客栈、城外野地及温莎城堡附近的大公园。

3　卷款：应为"卷管"(管理卷宗)。斯兰德爱卖弄，却常犯可笑的错误，如下面的"子孙"和"祖宗"就说颠倒了。

夏禄　　对，我是这么写的，三百年来一向如此。[1]

斯兰德　他的子孙——走在他前面的——就这么写了，他的祖宗
　　　　——跟在他后头的——也都可以这么写。他们的纹章上绣
　　　　着一打白狗鱼呢。[2]

夏禄　　那是个老纹章了。

爱文斯　那一打白果蝇跟老蚊帐的确相配，[3] 配得好极了。它跟人混
　　　　得很熟，象征着爱。

夏禄　　我说的是狗鱼，狗鱼是淡水鱼。可不是咸水鱼。[4]

斯兰德　我可以移接[5]，舅舅。

夏禄　　你可以，通过结婚。

爱文斯　那可真难看了，假如他一刀切下[6]。

夏禄　　才不会。

爱文斯　当然会：他要是把您的蚊帐一切为四，拿掉四分之一，按
　　　　我的简单算法，那就只剩三片了。不过那都不相干。要是
　　　　约翰·福斯塔夫爵士得罪了您，我是教会的人，乐于做好
　　　　事，当个和事佬，让你们烟鬼友好[7]。

夏禄　　我非告到枢密院不可，他那可是闹事。

1　意指其家族显赫，已有三百年历史。

2　纹章代表贵族身份。狗鱼纹章应有三条狗鱼（luce = pike），不是十二条。——译者附注

3　原文此处爱文斯把发音相似的 luces（狗鱼）和 louses（虱子）混为一谈，"纹章"也误解为
　"外套"。为了保留原文的趣味，译文把"虱子"改为发音接近"狗鱼"的"果蝇"，并把"外
　套"改为发音接近"纹章"的"蚊帐"。——译者附注

4　夏禄纠正和取笑爱文斯（威尔士人）的发音不准，把 coat 讲成 cod（鳕鱼）。爱文斯发音错
　误甚多，处处可见。

5　移接：原文 quarter，是术语，指"结婚之后，把另一家族的纹章加入自己家族的纹章中"。

6　一刀切下：爱文斯把 quarter 误解为另外一个意思："切割为四份"，故把"移接"听成"一切"。

7　烟鬼友好：应为"言归于好"。

爱文斯	让枢密院听审闹事不合适：闹事就是目无赏帝[1]。您要知道，枢密院想听的是警卫赏帝[2]，不要听什么闹事。您好好烤驴[3]吧。
夏禄	哼，我以性命起誓，要是我还年轻，就用刀剑来解决。
爱文斯	还是用鱿鱼解决，比刀剑好。我老袋里还有个体育，也许可以抬来好结果。有个安妮·培琪，是培琪先生的女儿，很漂亮的鬼女。[4]
斯兰德	安妮·培琪小姐？她一头棕色头发，说话轻声细气，像个女人。
爱文斯	没错，正是那一位，完全是您想要的，有七百镑钱财，还有金子银子，是她爷爷——愿赏帝赐给他欢乐的复活——临死之前留给她的，只等她满了十七岁就可以拿到。咱们且搁下这吵吵闹闹，设法让亚伯拉罕先生跟安妮·培琪小姐成婚，岂不是个好竹椅[5]？
斯兰德	她爷爷留了七百镑给她？
爱文斯	是啊，她父亲还会另外假马[6]呢。
斯兰德	我知道这位年轻小姐。她很有才华。
爱文斯	七百镑，加上其他的发财机会，是好财阀[7]。
夏禄	好，咱们就去见那可敬的培琪先生。福斯塔夫在那儿吗？

1 赏帝：应为"上帝"。
2 警卫赏帝：应为"敬畏上帝"。
3 烤驴：应为"考虑"。
4 鱿鱼：应为"友谊"；老袋：应为"脑袋"；体育：应为"提议"；抬来：应为"带来"；鬼女：应为"闺女"。
5 竹椅：应为"主意"。
6 假马：应为"加码"。
7 财阀：应为"才华"。

爱文斯	我要跟您撒谎吗？我瞧不起撒谎的，就像我瞧不起虚假的，就像我瞧不起不老实的。那位骑士，约翰爵士，是在那里，所以我拜托您，要听为您好的人的话。我来巧门¹找培琪先生。（敲门） 喂，哟！赏帝嘱咐²您这一家！

爱文斯 我要跟您撒谎吗？我瞧不起撒谎的，就像我瞧不起虚假的，就像我瞧不起不老实的。那位骑士，约翰爵士，是在那里，所以我拜托您，要听为您好的人的话。我来巧门[1]找培琪先生。（敲门）

喂，哟！赏帝嘱咐[2]您这一家！

培琪 是谁呀？（幕内问话后上）

爱文斯 是赏帝的嘱咐，还有您的朋友，还有夏禄法官，还有个年轻的斯兰德先生，要跟您谈些事情，假如合您意的话，可能还要跟您说另一桩事情。

培琪 很高兴见到各位大人都好。谢谢您送我的鹿肉，夏禄先生。

夏禄 培琪先生，真高兴和您见面。愿您的好心有好报。您那份鹿肉不够好，是非法猎捕致死的。尊夫人可好？我一向诚心诚意感谢您，是啦——诚心诚意。

培琪 大人，我谢谢您。

夏禄 大人，我谢谢您。总而言之，还是这句话。

培琪 真高兴见到您，斯兰德少爷。

斯兰德 您那头浅褐色的猎狗可好，大人？俺听说他在科左山[3]赛会上跑输了呢。

培琪 胜负难分，先生。

斯兰德 您不承认，您不承认。

夏禄 那当然啦。——

（旁白。对斯兰德）是你的错，是你的错。[4]——（对培琪）那

---

1 巧门：应为"敲门"。

2 嘱咐：应为"祝福"。

3 科左山（Cotsall）：即 the Cotswold hills（科茨沃尔德丘陵），位于英格兰中部。

4 指斯兰德不该取笑培琪。

	是一条好狗。
培琪	不就是狗嘛，大人。
夏禄	大人，他是条好狗，是条漂亮的狗，还有什么可说的呢？又好又漂亮。约翰·福斯塔夫爵士在这儿吗？
培琪	大人，他在里面。但愿我能替两位效劳。
爱文斯	这话正是基督徒该说的。
夏禄	他欺负了我，培琪先生。
培琪	大人，他的确有几分承认这事。
夏禄	就算承认了，也不能就算了事了。可不是吗，培琪先生？他欺负了我，是真的，一句话，他真的。请相信我：贵人罗伯特·夏禄说，他被欺负了。
培琪	约翰爵士来了。

福斯塔夫、巴道夫、尼姆与毕斯托尔上

福斯塔夫	喂，夏禄先生，您要到王上面前告我的状吗？
夏禄	爵士，您打了我的人，杀了我的鹿，还闯进我的警卫房 [1]。
福斯塔夫	可是没有亲您那看守人的女儿？
夏禄	我呸，什么话！这件事得有个交代。
福斯塔夫	我马上交代：这些事我都干了。这样就交代了吧。
夏禄	我要让枢密院知道。
福斯塔夫	您还是私家院里知道比较好，免得让人笑话您。
爱文斯	游道是 [2]，"君子寡言"，约翰爵士。
福斯塔夫	游道士？还游和尚呢！斯兰德，我打破了您的脑袋，您要怎么告我呀？

---

1 警卫房（lodge）：指林苑看守者住的小屋。
2 游道是：应为"有道是"。

斯兰德	大人，我脑袋里面还真有东西[1]不喜欢您，也不喜欢您手下招摇撞骗的流氓，巴道夫、尼姆和毕斯托尔。
巴道夫	您这个薄片奶酪[2]！
斯兰德	是，没怎样。
毕斯托尔	怎么样，没法子托福勒死[3]？
斯兰德	是，没怎样。
尼姆	切了[4]，我说！寡言，寡言。按老子脾气就切了。
斯兰德	我的仆人辛普在哪儿？您知道吗，舅舅？
爱文斯	别吵了，拜托各位。现在我们大家弄弄清楚。据我所知，这件事有三位公道伯，也就是，培琪先生——以及[5]培琪先生——还有我——以及我自己——还有第三位——最后也是末了的——俺的嘉德客栈老板。
培琪	咱们三个人来听听，好替他们做个了断。
爱文斯	好鸡肋[6]，我来把要点记录在我的记事本上，然后再以最大的谨慎研究研究。
福斯塔夫	毕斯托尔！
毕斯托尔	他用两只耳朵在听呢。
爱文斯	他奶奶的！这是什么话？他用耳朵在听？欸，这是装腔作势。
福斯塔夫	毕斯托尔，您有没有扒斯兰德先生的钱包？

---

1 东西：原文 matter，为双关语，既可指"重要事，一笔账"，也可指头上受伤长的脓包。

2 薄片奶酪：原文 Banbury cheese，班伯里镇所产奶酪特别薄。这句话是打趣斯兰德身子单薄（斯兰德的名字 Slender 本义就是"瘦"）。

3 没法子托福勒死：即靡非斯特（Mephostophilus），是马洛名剧《浮士德博士》里的魔鬼。毕斯托尔爱随意引用当时剧作。

4 指切薄片奶酪（斯兰德）。

5 以及：应为"亦即"。爱卖弄拉丁文的爱文斯牧师要说的是 *videlicet*（= namely），但咬音不准，说成 *fidelicet*。

6 好鸡肋：应为"好极了"。

斯兰德	有，我凭这副手套发誓，他有，不然我再也不踏进我自家的大厅。他扒走了七个格罗特银币，是造币场铸的六便士硬币，还有两枚爱德华银币，一枚花了我两先令两便士。我指着这副手套发誓。
福斯塔夫	毕斯托尔，没错吧？
爱文斯	不，有错——假如他是扒手。[1]
毕斯托尔	嗬，你这山地来的外人！约翰爵士，我的主人， 我向这个戴盔佩剑的挑战。 坚决否认，塞进你嘴巴这里！ 坚决否认，烂人渣，你鬼扯！
斯兰德	凭着这副手套，那么，就是他。（指着尼姆）
尼姆	想清楚哦，大爷，客气点。您如果摆出条子的架势，管叫您吃不了兜着走。这不是说着玩的。
斯兰德	那么，凭着这顶帽子，是那红脸皮的干的。俺被你们灌醉了，记不得做了些啥，可俺还不至于是笨驴。
福斯塔夫	您怎么说呢，红脸好汉[2]？
巴道夫	哼，大人，我啊，我说这位绅士喝得人事不省。
爱文斯	是不省人事。呸，真是无知！
巴道夫	而因为喝醉了，大人，他就，所谓的，给扫地出门了。所以他就跑野马似的乱说一通。
斯兰德	是啊，您那时候还说了拉丁文呢。不过，管他的。我再也不会喝醉了，除非是跟规矩、礼貌、敬畏神的朋友。我要喝醉，也要跟敬畏上帝的一票人，不跟无赖酒鬼。

---

1 爱文斯把福斯塔夫的话听成了"毕斯托尔没错吧？"

2 红脸好汉：借指巴道夫，原文 Scarlet and John，两位都是传说里绿林英雄罗宾汉（Robin Hood）的伙伴。scarlet 另有"鲜红"之义。

| 爱文斯 | 赏帝在上，这才是高尚的意念。 |
| 福斯塔夫 | 各位听见这些事全都被否认了，各位大人，你们听到了。 |

安妮端酒上

| 培琪 | 不，丫头，把酒端进去，我们要在里面喝。 安妮下 |
| 斯兰德 | （旁白？）天哪，是安妮·培琪小姐！ |

浮德太太与培琪太太上

培琪	大嫂可好？
福斯塔夫	浮德太太，说真的，幸会之至。请容许我，大嫂。（亲吻她）
培琪	老婆，欢迎这几位大爷。来，咱们有热腾腾的鹿肉馅饼当主餐。来，大爷们，我希望大家杯酒泯恩仇。

除夏禄、斯兰德与爱文斯外众人下

| 斯兰德 | 这个时候给我四十先令还不如给我一本《歌曲集》。 |

辛普上

	怎么，辛普，您上哪儿去啦？要我服侍自己，是吧？您身边可有《谜语大全》吗？
辛普	《谜语大全》？咦，您不是在万圣节那天借给邵凯家的艾丽斯了吗，就是圣米迦勒节前两个礼拜？[1]
夏禄	来，甥儿。来，甥儿，我们等着你呢。跟你说句话，甥儿。听好了，甥儿：可以这么说，这位爱文斯大人很委婉地提了一件事。你懂我的意思吗？
斯兰德	懂，阿舅，您会发现我是讲理的。果真如此，我会做于理当做的事。
夏禄	不，你要明白我的意思。
斯兰德	我明白，阿舅。

1　万圣节（Allhallowmas）是 11 月 1 日，圣米迦勒节（Michaelmas）是 9 月 29 日。辛普把前后日期弄错了。

爱文斯	好好听他的建议。斯兰德少爷，我来把事情说给您听，要是您听得懂。
斯兰德	不，我会照着我夏禄舅舅说的去做。请您原谅，他可是当地的治安法官，虽然我算不了哪根葱。
爱文斯	但那不是问题。真正的问题关系到您的婚姻。
夏禄	对啦，那是重点，大人。
爱文斯	对，正是重点的核心——娶安妮·培琪小姐的事。
斯兰德	呃，果真如此，只要要求合理我就娶她。
爱文斯	可是您能喜爱这女的吗？咱们要您从口里或是嘴唇说出来，因为许多哲学家说，嘴唇是口的一部分。所以，精确地说，您能够对这姑娘表达心意吗？
夏禄	亚伯拉罕·斯兰德外甥，你能够爱她吗？
斯兰德	我希望，阿舅，我能做到一个有理性的人该做的事。
爱文斯	不是啦，赏帝的男女天使啊，您必须蒸面[1]说，您能不能把您的欲望放在她身上。
夏禄	那是一定要说的。如果嫁妆丰厚，你愿意娶她吗？
斯兰德	您吩咐再大的事，阿舅，我都愿意做，只要合理。
夏禄	不是，要明白我的意思，明白我的意思，好甥儿。我做的都是为你好，甥儿。你能够爱这位姑娘吗？
斯兰德	我愿意，阿舅，听您的吩咐，娶她。但是，假如起初没有什么了不起的爱情，等我们结了婚，混得熟了，有更多机会互相了解，上天也许会减弱[2]爱情。我希望混熟了就瞧不

1 蒸面：应为"正面"。
2 斯兰德用错了词，"减弱"（decrease）应为"增强"（increase）。

起 [1]。但是，假如您说"娶她"，我就娶她——这我已经下定决心，而且三心二意。

爱文斯 这个肥大 [2] 说得很好。除了"三心二意"弄错了以外——照我们的意思，应该说是"一心一意"——他的心意是好的。

夏禄 是啊，我想我甥儿心意是好的。

斯兰德 是啊，不然我情愿被吊死，真的！

夏禄 漂亮的安妮小姐来了。

安妮上

为了您的缘故，安妮小姐，我巴不得自己还年轻。[3]

安妮 餐食已经摆上桌了，家父请各位大人入席。

夏禄 我愿奉陪，漂亮的安妮小姐。

爱文斯 赏帝的恩典！我不会缺席谢饭祷告的。　　夏禄与爱文斯下

安妮 请您进去好吗，少爷？

斯兰德 不了，谢谢您，真的，由衷地感谢。我好得很。

安妮 正餐在等着您呢，少爷。

斯兰德 我不饿，谢谢您，真的。——（对辛普）去吧，小哥，您虽是我的仆人，还是进去服侍我夏禄舅舅吧。　　辛普下　有时候治安法官也要亲友帮忙提供仆人。现在我只有三个仆人和一个侍童，直到我母亲死掉。那又怎么样，反正我过的是落拓乡绅的日子。

安妮 您不进去我也不能；您不来大家都不肯入座呢。

斯兰德 真的，我啥也不吃。我谢谢您，就当我吃了。

---

1 混熟了就瞧不起：原文 upon familiarity will grow more contempt，类似俗谚 familiarity breeds contempt。斯兰德错用了成语。

2 肥大：应为"回答"。

3 这是当时流行的恭维语。——译者附注

安妮	我拜托您啦，少爷，往里走吧。
斯兰德	我情愿在这儿走走，谢谢您。前些日子，我伤了小腿，因为和一位斗剑师傅比划刀剑闹着玩儿——三个回合赌一盘炖梅子[1]——这以后啊，说真的，我就受不了热腾腾的肉味儿。[2]您家那几条狗怎么会叫得这么凶啊？城里可有狗熊吗？
安妮	我想有吧，少爷。我听他们说过。
斯兰德	我挺爱这游戏[3]，但是一提起来我就要反对，跟别的英国人一样。要是狗熊挣脱链子跑出来，您看了会害怕吧，不会吗？
安妮	当然会呀，少爷。
斯兰德	现在啊，对我像吃肉喝酒一样。我见过撒可森挣脱出来二十次[4]了，还曾经抓住它的链子呢。可是，我向您保证，女人见了又是哭又是尖叫的，您无法相信。可是，女人实在受不了它们：那些个奇丑无比的粗野东西。
培琪上	
培琪	来吧，好斯兰德少爷，来，我们在等着您呢。
斯兰德	我啥也不吃，谢谢您，大人。
培琪	敬酒罚酒，可由不得您，少爷。来来来。
斯兰德	不，我跟在您后头。
培琪	来吧，少爷。
斯兰德	安妮小姐，您请先。

---

1 炖梅子（stewed prunes）是妓院常见的一道菜。
2 斯兰德无意中暗示了妓女的皮肉。
3 指以狗斗熊（熊被链子锁住，拴在柱子上），是伊丽莎白时代常见的游戏。
4 二十次：意思是"很多次"。——译者附注

安妮	不该我，少爷，拜托，走吧。
斯兰德	真的，我不要走在前面。真的，是啦！我不能那样对您不恭敬。
安妮	我求求您，少爷。
斯兰德	那就恭敬不如从命了。您太抬举我了，真的！（走在前）

众人下

第二场 / 第二景

爱文斯与辛普上

爱文斯	你去吧，去凯兹大夫家，打听路怎么走；[1]那里住着一位奎克莉太太，是他的管家，或是他的保姆，或是他的厨子，或是他的洗衣房[2]，给他洗衣，给他拧干衣服。
辛普	知道了，大人。
爱文斯	不忙，还有呢。把这封信交给她。（递过一信）因为这奴人[3]跟安妮·培琪小姐最熟。这封信是希望她，要求她，替你主人向安妮·培琪小姐提亲。我请你，去吧。我得把这餐饭吃完——就要上苹果和奶酪了。 同下

---

1 这是爱文斯的特殊语法，实际要说"你去吧，去打听一下去凯兹大夫家，路怎么走"。
2 洗衣房：应为"洗衣妇"。
3 奴人：应为"女人"。

第三场 / 第三景

福斯塔夫、店主、巴道夫、尼姆、毕斯托尔及小厮罗宾上

福斯塔夫 我的客栈老板！

店主 有啥要说的啊，老狐狸[1]？给我说得有学问有智慧。

福斯塔夫 说真的，老板，我得打发掉一两个跟班了。

店主 扔了吧，大力士，遣散了。让他们各走各的。锵锵，走。

福斯塔夫 我一个星期开销就要十镑。

店主 你是皇帝：元首、君王、宰相。我可以留下巴道夫，让他
开关啤酒桶。这话中听吧，大力士？

福斯塔夫 就这么办，好老板。

店主 我讲完了。让他跟我走。——（对巴道夫）我要你倒酒多些
泡沫，加点儿青柠。[2] 我不啰唆，跟我走。　　　　　下

福斯塔夫 巴道夫，跟他去吧。酒保是个好职业。旧斗篷翻做新夹克，
老跟班成了新酒保。去吧。再见。

巴道夫 我原来就想吃这行饭。我会有出息的。　　　巴道夫下

毕斯托尔 啊，低级的叫花子，你要拿酒桶塞子当剑耍吗？

尼姆 他爹娘喝醉了生下他。这话说得妙吧？

福斯塔夫 很高兴就这样把这个火药桶打发了。他偷得也太明目张胆
了，像那外行的歌手，抓不准拍子。

尼姆 偷的诀窍就在把握那一瞬间。

毕斯托尔 是"搬运"，聪明人这么说。"偷"？屁！一文不值的用词。

---

1 老狐狸：原文 bully rook，是昵称。店主也如此称呼培琪、夏禄、浮德等人。
2 多些泡沫就可以省些啤酒；啤酒里加青柠片可掩盖酸味。

福斯塔夫　　唉，爷们，俺的袜子都快穿破了。

毕斯托尔　　哦，那就接着长冻疮吧。

福斯塔夫　　没办法：我只好打打野味，动点歪脑筋了。

毕斯托尔　　小乌鸦得有吃的。

福斯塔夫　　你们哪个认识本城的浮德？

毕斯托尔　　我知道这家伙：他财力雄厚。

福斯塔夫　　我的老实孩儿啊，我来告诉你们我肚子里的盘算。

毕斯托尔　　这腰身算来两码宽，还不止。

福斯塔夫　　现在别耍嘴皮子，毕斯托尔！说真的，我的腰围差不多两码，但我此刻不要浪费，[1] 要节约。长话短说，我有意勾引浮德的老婆。我注意到她很体贴：她聊天，她切肉，她斜眼瞅我。我能诠释她亲切的风格，她最难解的语气——翻译成恰当的英语——就是："我是约翰·福斯塔夫爵士的人。"[2]

毕斯托尔　　他研究过她的想法，也老老实实把她的想法翻译成了英文。

尼姆　　　　锚抛得挺深的。这话妙不妙？

福斯塔夫　　现在啊，听说她丈夫的钱包全归她管控，而他可是拥有成群的金天使[3]。

毕斯托尔　　也雇用了结队的魔鬼。所以，"小子，快去追！"我说。

尼姆　　　　这下来劲了。好得很。去搞那些金天使。

福斯塔夫　　（展示信件）我已经写好一封信在这里要给她。这里有另一

1　原文 I am now about no waste，waste（浪费）与 waist（腰围）同音，所以福斯塔夫一语双关。
　　——译者附注

2　福斯塔夫在这里连续使用文法词汇："诠释"（interpret）、"风格"（style）、"语气"（voice）、
　　"翻译"（translate），语意双关。——译者附注

3　金天使：原文 angels，指金币，因币上铸有天使长米迦勒（archangel Michael）的像。一个
　　金币值 10 先令。

	封要给培琪太太。她刚才也对我频送秋波，含情脉脉打量我全身上下。她的目光一下子落在我脚上，一下子落在我体面的大肚子上。

毕斯托尔　那叫作"太阳照粪堆"。

尼姆　我谢谢你这句话。

福斯塔夫　啊，她贪婪地打量我全身，意味深长，她那眼珠的欲望简直像聚焦镜，烫得我火热。这儿有另一封信是给她的。她也有进进出出的口袋儿[1]。她就是圭亚那的一块地，处处有黄金财宝。[2]俺来做她们的接收大员，要她们做俺的两个金库。她们是俺的东西两印度[3]，俺要跟她们两个都交易交易[4]。——（对尼姆）你去把这封信交给培琪太太——（对毕斯托尔）你把这封交给浮德太太。咱们要发啦，小子们，咱们要发啦。

毕斯托尔　我成了特洛伊的潘达洛斯大爷[5]，

还能佩剑吗？老子死也不干！（递回信件）

尼姆　我没那么下贱。喏，这封烂信拿回去。（递回信件）我还要顾着名誉呢。

福斯塔夫　（对罗宾）拿好，小子，你把这两封信拿好，

像我的快帆船，速速驶向黄金海岸。

痞子们，滚，滚得远远的！消失如冰雹。

1　口袋儿：指钱袋，同时也暗指女阴。

2　圭亚那（Guiana）在南美洲，是当年西班牙人寻找黄金之地。

3　东西两印度：当年英国贸易的摇钱树。东印度群岛提供香料，西印度群岛提供贵重矿物。
　　——译者附注

4　交易（trade）：另有"性交"之义。

5　潘达洛斯（Pandarus）：特洛伊战争故事中替特洛伊罗斯（Troilus）和克瑞西达（Cressida）的幽会牵线的人。英文单词 pander（皮条客）即源于他的名字。

走，抬着蹄子奔去找衣食，卷铺盖滚！
你们两个痞子，福斯塔夫要学学这年头流行的
法国式精打细算，只留一个穿袍子的小厮。

福斯塔夫及罗宾下

毕斯托尔	叫秃鹰吃了你的五脏六腑！灌铅的 骰子，比大比小穷的富的都能骗。 等你一文不名，俺的荷包钱不少， 不要脸的异教徒！
尼姆	我正盘算着怎么报复。
毕斯托尔	你想报复？
尼姆	老天可以做证！
毕斯托尔	来文的还是武的？
尼姆	双管齐下——我要。我要把这勾搭的事告诉浮德。
毕斯托尔	那我也去跟培琪讲，¹ 说福斯塔夫这个无赖汉，他 要试探他老伴，硬抢他家当²， 弄脏他的卧榻。
尼姆	俺绝不善罢甘休。俺要叫浮德气得想毒死他。俺要叫他妒 火中烧——俺翻脸就不认人。这就是俺的脾气。
毕斯托尔	你是造反者的战神。我挺你，开步走。 同下

---

1 毕斯托尔这四行诗韵脚为 abab，显示了语气和决心。——译者附注
2 这一行原文 His *dove* will *prove*, his *gold* will *hold* 中有两个行中韵，有喜剧效果，译文从之。
 ——译者附注

第四场 / 第四景

奎克莉太太、辛普与约翰·勒格比上

奎克莉太太　喂，勒格比，请你到窗口，看看我的东家，凯兹大夫，是
　　　　　　不是来了。要是他真来了，发现家里有任何人，一定会碎
　　　　　　念不停，搅得上帝都受不了，也大大糟蹋咱的正规英语。

勒格比　　我去盯着。

奎克莉太太　去吧，咱们今晚烧海煤[1]烤火，然后早些喝甜奶酒，一定
　　　　　　要。——（勒格比下）一个老实、热心、和气的家伙，这种
　　　　　　家仆难找。而且啊，我跟你讲，不会说三道四，也不惹是
　　　　　　生非。他最大的毛病是喜欢祷告，那方面有点傻气，可谁
　　　　　　没有毛病呢。不谈这个了。您说您的名字叫彼得·辛普？

辛普　　　是，因为没有别的更好的。

奎克莉太太　斯兰德先生是您的主人？

辛普　　　是，没错。

奎克莉太太　他不是留了一圈大胡子，像皮匠用的刀吗？

辛普　　　不，说真的，他只有一张小小的脸，留了一点黄黄的胡子；
　　　　　　带了点红色的胡子。

奎克莉太太　人蛮温和的，是吧？

辛普　　　是，没错，但他在这一带算是个勇士。他还跟看守林子的
　　　　　　打过架呢。

奎克莉太太　真的啊？哦，我记得他了：他走起路来，是不是头抬得高高
　　　　　　的，大摇大摆的？

1　海煤（sea-coal）：从英国北部海运过来的高级煤炭。

辛普　　是的，没错，他就是这样。

奎克莉太太　好，愿老天保佑安妮·培琪至少有这样的福气。告诉爱文斯牧师大人，我会尽力帮您的主人。安妮是个好姑娘，但愿——

勒格比　（幕内）哎呀，糟了！我的主人来了。

奎克莉太太　（对辛普）咱们都要挨骂了。快来这里，小伙子，快进这间书房里去。他不会待很久的。（辛普躲进书房）喂，勒格比？勒格比！喂，勒格比，我说在哪儿呢？

勒格比上

　　去，勒格比，去问候咱的主人。我怕他人不舒服，才没有回家。[1]　　　　　　　　　　　　　　　　　　　　勒格比下

　　（她唱）当，当，阿当……[2]

凯兹上

凯兹　　你餐什么？我不爱奏协歌曲。请你泣，到我书房哪一个 *une boîtie en vert*[3]：一个盒子，一个铝色的盒子。挺到我说的吗？一个铝盒子。[4]

奎克莉太太　是，当然，我去拿给您。——（旁白）幸好他没有自己进去。要是他发现那个小伙子，一定火冒三丈。（她走进书房）

凯兹　　*Fe, fe, fe, fe, ma foi, il fait fort chaud. Je m'en vais voir à le*

1　奎克莉太太这番话是故意大声说给凯兹大夫听的。——译者附注
2　这是一首歌的副歌。
3　（法文）意为：一个绿盒子。
4　这一段实际说的是：你唱什么？我不爱这些歌曲。请你去，到我书房拿一个 *une boîtie en vert*：一个盒子，一个绿色的盒子。听到我说的吗？一个绿盒子。凯兹大夫是法国人，英语发音与文法常出错，讲话不时掺杂法文。以下若遇到法文，则译文中会照搬过来，另行加注说明意思。——译者附注

Court *la grande affaire.*[1]

奎克莉太太持一盒上

奎克莉太太　是这个吗，老爷？

凯兹　*Oui, mette-le au mon* pocket. *Dépêche,*[2] 快点。勒格比哪个奴才在那里？[3]

奎克莉太太　喂，约翰·勒格比？约翰？

勒格比上

勒格比　我在这儿，老爷！

凯兹　你是约翰·勒格比，也是杰克·勒格比。来，拿你的长剑，跟我到宫里去。

勒格比　长剑准备好了，老爷，就在门廊里。

凯兹　说真的，我耽搁太久了。上帝保佑，*que ai-je oublié.*[4] 我房里有些草药，一定得随身带着。（他走进书房）

奎克莉太太　哎哟，他会发现里面的小伙子，这下要气疯了。

凯兹　（幕内）啊，活见鬼，活见鬼！啥东西在我房里？

（揪出辛普来）混蛋，小偷！勒格比，我的长剑！

奎克莉太太　好老爷，请息怒。

凯兹　凭什么叫我洗怒[5]？

奎克莉太太　这小伙子是个老实人。

凯兹　老实人干吗到我房里？没有老实人会进我房里的。

1　（法文）意为：哎，哎，哎，哎，实在太热了。我要到宫里去，还有大事呢。
2　（法文）意为：是，放进我口袋里，快点。
3　实际是问：勒格比那个奴才在哪里？
4　（法文）意为：我忘了什么了。
5　洗怒：应为"息怒"。

奎克莉太太　求求您别发这么大的冷气[1]。听我把实话说了：他是有事来找我的，是爱文斯牧师差他来的。

凯兹　所以呢？

辛普　是，真的，想要她——

奎克莉太太　拜托，您别说了。

凯兹　（对奎克莉太太）你才别说。——（对辛普）你说你的。

辛普　想要这位良家妇女，您的女仆，替我主人在安妮·培琪小姐面前美言几句，好提亲。

奎克莉太太　就是这么回事儿，真的，对啦！但没有必要我是绝不会把手指头往火里插的。

凯兹　爱文斯牧师猜[2]你来的？勒格比，拿纸来。你等一下下。（勒格比拿来纸。凯兹提笔写字）

奎克莉太太　（旁白。对辛普）还好他安安静静的。他要是真的生起气来，声音可大呢，郁闷[3]得很。不过啊，小伙子，我会尽力帮你主人的。无论如何，这个法国大夫，我的主人——我可以称他为主人，因为呀，要知道，我收拾他的家，我洗衣服，拧衣服，酿酒，烘面包，擦亮上光，准备餐饮，铺床叠被，全我一个人包下——

辛普　（旁白。对奎克莉太太）一个人扛下这么重的活儿呀。

奎克莉太太　（旁白。对辛普）那还用说？的确是重活儿，得早起晚睡。不过啊，悄悄告诉您——我可不愿这话传出去——我主人自己爱上了安妮·培琪小姐。不过啊，话虽这么说，我知

1　冷气：原文 phlegmatic，奎克莉太太要说的应为"火气"（choleric），两者都源于当时对体质的看法。

2　猜：应为"差"。

3　郁闷：原文 melancholy，疑是奎克莉太太措辞有误，想说的是 choleric（火冒三丈）。

道安妮的心意——这就不提了。

| 凯兹 | 你这个猢狲，把这封信拿给爱文斯牧师。（递给辛普一信）妈的，这是一封挑战书。我要在林苑里割了他的喉咙，我要教训这爱管闲事的猢狲牧师。——（对辛普）你可以走了。你别在这里耽搁。——妈的，我要把他两个蛋蛋全都割下来。妈的，叫他没有一个蛋可以喂他的狗。　辛普下 |

奎克莉太太　哎呀，他不过是替朋友传话嘛。

凯兹　　　　那可不管。你不是跟我说，安妮是俗语¹我的吗？妈的，我要把那粪脏²牧师宰了。我已经请假的³客栈的店主来量我们的武器。⁴妈的，我自己要要定了安妮·培琪。

奎克莉太太　老爷，那姑娘爱的是您，所以一切放心。别人爱怎么说随他们去吧。真是的!

凯兹　　　　勒格比，跟我进宫去。——（对奎克莉太太）妈的，我要是得不到安妮·培琪，我就把你脑袋逐出门外。在我后头跟着，勒格比。

奎克莉太太　您一定会得到安——　　　　　　　凯兹及勒格比下
　　　　　　　得到您自己的驴头。是啊，我知道安妮的心意。感谢老天，全温莎没有一个女人比我更了解安妮的心意，更能让她言听计从的了。

范顿　　　　（幕内）喂，里面有人吗？

奎克莉太太　不知道是谁呀？请进来吧。

---

1 俗语：应为"属于"。
2 粪脏：应为"混账"。
3 假的：应为"嘉德"。
4 决斗前要先量剑的长短，决斗者的剑长度必须相同。

范顿上

范顿	怎么，奎克莉太太，你好吗？
奎克莉太太	承蒙您大少爷关心，就更好了。
范顿	有什么消息吗？漂亮的安妮小姐可好？
奎克莉太太	说真的，她又漂亮，又规矩，又温柔，而且还对您有意思呢——这我可以顺便告诉您——为这个我要感谢老天。
范顿	我可有把握吗，依你看？我的追求不会落空吧？
奎克莉太太	说真的，一切都在上帝手里。不过呀，话虽是这么说，范顿少爷，我敢凭着一本书[1]发誓，她是爱您的。少爷您眼睛上方不是长了个疣？
范顿	是啊，没错，有的。有又怎么了？
奎克莉太太	嗯，这可有意思了。说真的，妮妮真是与众不同——但是，我敢乱言[2]，可是个绝对循规蹈矩的姑娘。我们讲那个疣讲了一个钟头。我再也笑不出来了，除非是跟那位姑娘在一块儿。但是，说真的，她太过行事匆匆[3]，想太多了。但是，对您呢——好了，话只能说到这里——
范顿	好，我今天会去看她。拿好，这几个钱给你，请你帮我说说好话。你要是先见到她，替我问——
奎克莉太太	那还用说，咱家一定会。而且下次咱们谈心的时候，咱还会跟少爷您细说那颗疣，还有其他求婚者的事。
范顿	好，再会了，我现在正忙着。
奎克莉太太	大少爷好走。 范顿下

1　一本书：原文是 a book。发誓应当手按《圣经》才是，但对奎克莉太太而言，哪本书都一样。
　　——译者附注
2　乱言：原文 detest，奎克莉太太要说的是"断言"（protest）。
3　行色匆匆：原文 allicholy，奎克莉太太要说的是"心事重重"（melancholy）。

　　真是个高尚的绅士。但是安妮并不爱他。我最明白安妮的心意了。哎哟，瞧我把什么给忘了呀？

第二幕

第一场 / 第五景

培琪太太上，手持一信

培琪太太　什么，我青春娇艳的时候收不到情书，现在倒成了情书的对象了？（读信）我来瞧瞧："别问我为什么爱上您，'爱情'虽然以'理智'为导师，却不容他当心腹。您跟我一样，不再年轻：那好，两人是绝配。您俏皮，我也是：哈哈，又是绝配。您爱喝白葡萄酒，我也爱：您还能渴望更妙的绝配吗？至少，要是军人的爱能满足您，就让我告诉您：培琪太太，我爱您。我不说，可怜我吧——这不是军人说得出口的——但我要说，爱我吧。写信的我是

　　　　忠诚骑士，永属于您；

　　　　不分昼夜，无论晴阴，

　　　　为您奋战，竭力尽心。

　　　　　　　　约翰·福斯塔夫"

这是哪门子的犹太希律王[1]？邪恶、邪恶的世界啊！明明一个老朽，竟充起风流公子来？我的举止有哪里不检点，叫这个大酒鬼——靠着恶魔——逮着，胆敢这样勾引我？哼，他跟我见面还不到三次呢！我跟他说了些什么呢？我当时还很拘谨的——老天原谅我吧！我要向议会递交提案，压制男人。我该怎么报复他？报复是确定要的，就像他的内

1　犹太希律王（Herod of Jewry）：《圣经》中的人物，残暴凶狠。今用以形容夸夸其谈的恶棍。

脏都是香肠那么确定。

浮德太太上

浮德太太	培琪嫂，不骗您，我正要去您府上。
培琪太太	我也不骗您，我正要去找您呢。您气色不好啊。
浮德太太	不，我才不相信。我有证据证明我容光焕发。
培琪太太	说真的，我觉得您气色不好。
浮德太太	好吧，就算是吧，可我能提出恰好相反的证明。哎哟，培琪嫂，替我拿个主意吧！
培琪太太	怎么回事儿啊，姊妹？
浮德太太	姊妹啊，要不是因为一桩小小的考虑，我倒是可以出个大大的风头！
培琪太太	管他什么小小的，尽管接受那大大的风头啊。怎么回事儿？闲话少说，怎么回事儿？
浮德太太	我只要走一遭地狱千万年，就可以封诰晋爵了。
培琪太太	什么？你胡扯！艾丽斯·浮德爵士[1]？这些个骑士都乱砍乱杀[2]，你可别改变你的身份哦。
浮德太太	不浪费时间了。（递信给培琪太太）喏，你自己看，看哪。你就会明白我怎么能受封为爵士。今后我只要还有眼睛分辨男人的体型，我就会厌恶胖子。可是他不讲脏话，赞美女人的贞洁，对一切有失体统的事，批评得头头是道，我原本都可以发誓，他是个心口合一的人。但他说的和想的根本兜不拢，就像《诗篇》和《绿袖子》一样不相配。[3]真

---

1 女人本来就不太可能受封为爵士，所以这话语带讽刺。——译者附注
2 暗指骑士常乱交杂交。
3 《诗篇》（Psalms）是《圣经·旧约》中的一卷，《绿袖子》（Greensleeves）则是当时流行的情歌。

不知道是什么暴风雨把这头鲸鱼——肚子里装了这么多桶油——刮到温莎岸上的。我该怎么报复他？我想最好的方法就是敷衍他，叫他那邪恶的欲火把他烧融在自己的肥油里。您听过这种事情吗？

培琪太太 （展示她自己那封信）一字不差，只有培琪和浮德两个名字不同。这是你那封信的双胞胎。这下你大可感到安慰了：莫名其妙被人看扁的不止你一个。不过，让你那封信当老大先去领受吧，[1] 我这一封绝对不要。我保证他这信有一千封，只留下空白填写不同姓名——绝对是，还不止呢——这两封还是第二版。他会去印刷，那是毫无疑问的；他连我俩都送进印刷机了，哪会管送的是张三还是李四。我宁愿是女巨人，被压在佩利翁山[2] 下。哼，找二十只淫荡的斑鸠[3] 还容易，找一个贞洁的男人可难喽。

浮德太太 （比较两封信）哟，这完全一样嘛：一样的笔迹，一样的字句。他把咱们当成什么啦？

培琪太太 是啊，我不知道。我简直要跟自己的清白翻脸了。今后我要把自己当作陌生人看待：真的，除非他在我身上看到了我自己不知道的什么特点，否则他怎么会这么猛烈地想冲上我的船[4] 呢？

浮德太太 您说"冲上船"？我绝对要在甲板上面就把他拦下来。[5]

---

1 老大有继承权。
2 佩利翁山（Mount Pelion）：在希腊神话中，巨人把佩利翁山压在奥萨山（Mount Ossa）上，企图登上众神的居所奥林波斯山（Olympus）。
3 斑鸠（turtles，即 turtle-doves）以对配偶忠贞著名。
4 冲上我的船：原文 boarded me，board 本义是"海盗登船抢劫"。本句及下面几句对话都从这航海意象引申而来，都有性交暗示。——译者附注
5 指不让他进入甲板下的船舱。（参见下一句）

培琪太太	我也是。万一让他进了船舱，我还能出海吗？[1] 咱们要报复。咱们来跟他约个会，给他尝一点小小的甜头，再慢慢引他上钩，非弄得他把他的马儿都典当给客栈的老板不可。
浮德太太	好，只要不玷污咱们的清白，我什么坏事都肯干。哎呀，万一被我丈夫看到这封信可怎么办！那可够他吃上千万年的醋。
培琪太太	咦，看那是谁来了，还有我丈夫。他从来不吃醋，我也从来没给过他吃醋的理由——我希望一辈子都不会有。
浮德太太	您比我幸福。
培琪太太	咱们一块儿来商量怎么对付这油腻腻的骑士。过来吧。（两人退避）

浮德与毕斯托尔、培琪与尼姆上

浮德	嗯，我希望没有这回事。
毕斯托尔	在某些事情上，希望是剪了尾巴的狗，靠不住。
	约翰爵士看上了你太太。
浮德	拜托，老兄，我太太不年轻啦。
毕斯托尔	无论高或低，无论贫或富，
	无论老或嫩，这个那个他都要，浮德。
	他爱那杂碎大锅汤，浮德，提防些。
浮德	爱上我太太？
毕斯托尔	他的心头烧得火热呢。拦住他，
	不然你就学那阿克泰翁大爷，

1　船舱：原文 hatches，也有"阴道"之义。还能出海吗：指船已漏水，不堪使用——亦即无脸见人。

让自个儿的猎犬紧追着。[1]

那可是个臭名啊！

浮德　什么名，老兄？

毕斯托尔　头上长角[2]，我说。再会了。

要留心，眼睛睁大点，贼子都是夜里走动的。

要留心，不然夏天还没到，布谷鸟就唱起歌来喽。[3]

走吧，尼姆军爷！

要相信这事，培琪，他说得有理。　　　　　　　　下

浮德　（旁白）我要有耐心。我会弄个水落石出。

尼姆　（对培琪）我说的是真话，我不喜欢欺骗这调调儿。他惹毛了我的调调儿：要我把那鬼调调儿的信送去给她，可我是佩剑的，必要时它可不认人。说来说去，就是他看上了您的老婆。俺的名字叫尼姆下士。俺说的话俺负责。俺叫尼姆，福斯塔夫看上了您的老婆。再会了。俺不爱面包加奶酪[4]的调调儿。再见。　　　　　　　　　　下

培琪　"调调儿"，听他说的！这家伙把英语糟蹋成什么了。

浮德　我要把福斯塔夫找出来。

培琪　我从没见过这么装腔作势的流氓。

浮德　真要给我逮着了——好。

1　希腊神话里，阿克泰翁因为看见女神狄安娜（Diana）出浴，被她变为公鹿，而被自己的猎犬咬死。

2　头上长角代表妻子不贞的男人。

3　布谷鸟（cuckoo-birds），即杜鹃，因为名字、读音近似 cuckold（戴绿帽的男人），它的啼声是对丈夫的警告。

4　面包加奶酪是基本的配给，可能是指做福斯塔夫的随从所获得的回报。

培琪	我才不相信这个中原人¹呢，尽管城里牧师还夸他是个老实的。
浮德	还以为是个通情达理的好人——哼。
培琪	（培琪太太与浮德太太上前）怎么，玛格丽？
培琪太太	乔治，您要上哪儿啊？您听我说。
浮德太太	怎么，亲爱的弗兰克，你怎么心事重重啊？
浮德	我心事重重？我没有心事重重。您回家吧，走。
浮德太太	说真的，你脑袋里现在一定在盘算什么主意。——您走不走，培琪嫂？
培琪太太	我跟您走。——您回来吃饭吗，乔治？—— （旁白。对浮德太太）瞧，是谁来了。让她替咱们传话给那卑鄙的骑士。

奎克莉太太上

浮德太太	（旁白。对培琪太太）不瞒您说，我方才正打她的主意。她挺合适的。
培琪太太	您是来看我女儿安妮的吧？
奎克莉太太	是啊，没错，请问令千金安妮小姐可好？
培琪太太	跟咱们进去瞧瞧吧。咱们有一整个钟头的话要跟您聊聊呢。

培琪太太、浮德太太与奎克莉太太下

培琪	怎么啦，浮德兄？
浮德	您听到那个混蛋跟我说的吧，没有吗？
培琪	有啊，您也听到另外一个跟我说的吧？
浮德	您觉得他们说的是真的吗？
培琪	去他们的，奴才！我不相信那骑士敢这样做。这两个揭发说他对咱们老婆有意思的，可是被他扫地出门的一对儿，

1　中原人：原文 Cataian，指来自 Cathay（＝China）的人，即中国人，当时被用作流氓无赖之代称。

	根本是无赖，现在失业了。
浮德	他们原本是跟着他的？
培琪	是啊，没错。
浮德	那就最好不过。他住在嘉德客栈吗？
培琪	是，没错，就住在那里。他要是打我老婆的主意，我就把她双手奉上。他除了被她痛骂以外若还能占到什么便宜，这笔账就算在我头上[1]。
浮德	我并不疑心我老婆，但我不愿把他们送作对儿。男人可大意不得。我可不要有任何东西在我头上。我不能就这样算了。
培琪	瞧咱那大嗓门儿客栈老板过来了。他一脸的开心，不是酒精进了他脑袋，就是钞票进了他荷包。

店主上

	你好吧，我的老板？
店主	你也好吧，老哥？你是个上等人。

夏禄上

	法官大老爷，俺说！
夏禄	我来了，老板，我来了。午安午安，好培琪先生。培琪先生，您要不要跟咱们去？咱们马上就要看好戏了。
店主	告诉他吧，法官大老爷。告诉他，老狐狸。
夏禄	大爷，那个威尔士牧师爱文斯和那个法国大夫凯兹要决斗呢。
浮德	咱的好客栈老板，跟您说句话。（两人到一旁说话）
店主	你要说什么，老狐狸？
夏禄	（对培琪）您要跟咱们一块儿去看吗？咱这位乐天的老板已经把他们的武器都量好了，而且，我想，也已经约他们到不同的地点，因为，我说真的，听说那牧师剑术可不是开玩笑

1　算在我头上：意思是"我愿意负责"。但是浮德（参见下一句）想成了头上生出角来（戴绿帽）。

的。听好，我来告诉您会有什么好戏。（两人到一旁说话）

店主 　你跟俺的房客骑士没有什么官司诉讼吧？

浮德 　没有，我声明。不过我会送您半加仑的烧酒，只要您能让我见他一面，告诉他我叫布鲁姆——只是好玩嘛。

店主 　握个手 [1]，老哥。你有"自由出入之权"[2] ——我这话说得好吧？——还有，你的名字叫布鲁姆。他是个快活的骑士。——（对夏禄与培琪）两位大老爷，走吧？

夏禄 　跟您走，老板。

培琪 　我听说那法国人的剑术可高明呢。

夏禄 　呔，大爷，我懂的才多呢。这年头讲究两个人的距离要有多远，又是冲又是刺的，这个那个的。重要的是勇气，培琪先生，是这里，是这里。想当年，我手拿着长剑 [3]，可以把四个大汉杀得抱头鼠窜。

店主 　好啦，小伙子们，好啦好啦！咱们该上路了吧？

培琪 　就跟着您。我宁可听他们吵架，而不是拼命。

　　　　　　　　　　　　　　　　　　　店主、夏禄与培琪下

浮德 　尽管培琪是个自信满满的傻瓜，稳稳站在自己老婆的弱点上，但我才没那么容易打消我的想法。在培琪家的时候，她就坐在他旁边，两人干了些什么我不知道。哼，我要进一步调查，我要改扮身份去探福斯塔夫的底。若是发现我老婆循规蹈矩，那我这力气没有白费；不然的话，这力气更是花得值得。

　　　　　　　　　　　　　　　　　　　　　　　　　　　下

1　握个手表示成交。
2　"自由出入之权"：原文 egress and regress，是法律用语。
3　长剑（long sword）比较厚重，但"这年头"流行的是较轻的细剑（rapier）。

第二场 / 第六景

福斯塔夫与毕斯托尔上

福斯塔夫 我一个子儿也不会借给你。

毕斯托尔 好吧，那这个世界就是一颗牡蛎，我要用剑来剖开。

福斯塔夫 一个子儿也不借。我向来由着您，大爷，凭着是我的手下，去借贷。为了您和您的搭档尼姆，我三次跟我的好朋友说好说歹，宽限日期，不然你们早进了牢房，在里面向外张望，像一对猩猩。我顾不得下地狱，在我绅士朋友面前发誓，说你们是优秀军人，堂堂男子汉。上次布丽奇特太太丢了扇柄，我还以我的荣誉发誓，说你没拿。

毕斯托尔 你难道没分到好处？你没有拿到十五便士？

福斯塔夫 合理啊，你这流氓，合理啊。你以为我该平白让我的灵魂冒这风险吗？少废话，别再扒着我不放，我可不是你的绞刑台。走开——一把小刀一群人[1]——去你那窑子大宅门吧，走开！替我送一封信都不肯，你这个无赖。你还护着你的荣誉呢。哼，你这卑鄙到极点的家伙，我就是为了要保住我的荣誉啊。没错，是没错，我自己有时也把敬天畏神搁在一旁，不得已藏起自己的荣誉，欺骗、讹诈、偷盗，可是，你这个流氓，竟然也抬出荣誉做挡箭牌，护着你的一身褴褛、你的野猫尊容、你的酒馆脏话、你的咒天骂地？你不愿意送信？你？

毕斯托尔 我认错。一个大男人你还要他怎样？

---

1 意思是：带着小刀去人多的地方割别人的钱包。

罗宾上

罗宾　　　老爷，外面有个女人想跟您说话。

福斯塔夫　让她进来。

奎克莉太太上

奎克莉太太　给老爷请早安。

福斯塔夫　早安，好大嫂。

奎克莉太太　这称呼我当不起，老爷。

福斯塔夫　那么，好姑娘喽。

奎克莉太太　那倒是，我可以发誓，
　　　　　　　就像我娘刚生我那时。

福斯塔夫　我相信发誓的人。找我有何贵干？

奎克莉太太　可以准你 [1] 说几句话吗？

福斯塔夫　两千句都行，好女人，我也准你听。

奎克莉太太　有一位浮德太太，老爷——请过来一些——我自己是住在
　　　　　　　凯兹大夫家——

福斯塔夫　嗯，说呀。你说，浮德太太——

奎克莉太太　老爷说得是。请老爷靠过来一些。

福斯塔夫　我向你保证，别人听不到的。（指向毕斯托尔及罗宾）自己
　　　　　　　人，我们自己人。

奎克莉太太　是哦？老天爷保佑他们，让他们做他的忠实仆人。

福斯塔夫　好啦，浮德太太，她怎么了？

奎克莉太太　哟，老爷，她是个好人家。天哪，天哪，老爷你真是个风
　　　　　　　流种子！唉，愿老天饶恕你，也饶恕咱们大家——

1　准你：奎克莉太太要说的其实是"准我"，所以福斯塔夫以开玩笑方式回答。用错词是奎克
　　莉太太的语言特点之一；译文无法完全照译原文，乃在适当时候制造一些"笑果"代换。——
　　译者附注

福斯塔夫　　浮德太太，快说，浮德太太。

奎克莉太太　哎哟，说来说去，就是你已经把她弄得手舞足蹈[1]，难以想象啦。朝廷最大的官儿——那时王宫设在温莎——没一个能叫她这么手舞足蹈的。可他们都是骑士啦，贵族啦，绅士啦，坐着马车噢——我跟你说——一辆接着一辆，情书一封接着一封，礼品一件接着一件，香气扑鼻，都是麝香，而且啊，我跟你说，又是金线，又是丝绸，摸起来沙沙作响，错字填鸭[2]，又有顶级绝好的美酒糖果，哪个女人的心能抗拒得了？可是，我跟你说，她连斜眼瞧都不瞧他们。今儿个早晨就有人给我送来二十个天使[3]，但我把天使全都退回去了——不是说，曲子也要有道[4]吗？还有啊，我跟你说，他们当中最意气风发的，一辈子也别想要她陪着啜一小口酒。可是，都是些伯爵，不，甚至还有领皇家津贴的爵士，[5]但，我跟你说，她对谁都一样啦。

福斯塔夫　　可是她有什么话要跟我说呢？简单扼要讲，我的报信好娘娘。

奎克莉太太　对，她收到你的信了，对你千谢万谢。她还要你知道，十点到十一点之间，她的丈夫不在家。

福斯塔夫　　十点到十一点。

奎克莉太太　对，没错，那时候你可以去欣赏那幅画像，她说你知道是哪一幅。浮德先生，她的丈夫，不会在家。唉，这么漂亮的女人，跟着他过着不幸的日子：他根本是个醋坛子。她

1　手舞足蹈: 应为"手足无措"。
2　错字填鸭: 应为"措辞典雅"。
3　天使（angel）: 指一种金硬币，因币上有天使长米迦勒屠龙图案而得名。
4　曲子也要有道: 应为"取之也要有道"。
5　在温莎有些落拓骑士，每日为王上祈祷两次，换取年俸十八镑及制服；福斯塔夫应属其中之一，所以奎克莉太太故意抬高这些人的地位，以取悦福斯塔夫。——译者附注

跟他过的日子可辛酸呢，小可怜。

福斯塔夫　十点到十一点。女士，替我问候她。我不会失约的。

奎克莉太太　歆，你这话说得好。可我还有另一个口信要带给老爷你。培琪太太也诚心诚意问候你呢。让我悄悄跟你说吧：在温莎这里啊，没有哪个太太比得上她品行好，谨守夫道[1]的，而且啊，我跟你说，她这个人，早到晚到[2]，没有缺过一次。而且她请我告诉你，她丈夫很少出门，不过她希望有这么一天。我没见过哪个女人爱男人爱得这么痴心的。我想你一定有什么迷魂术吧，对啦。是啊，真的。

福斯塔夫　我没有，我向你保证。除了我的人品仪表吸引人之外，我哪有其他迷魂术。

奎克莉太太　那可要祝福你那颗心！

福斯塔夫　不过请你告诉我，浮德太太和培琪太太可曾跟对方说她们爱上我？

奎克莉太太　那才是笑话呢！她们不至于这一点点体面都不顾吧，我希望——那可就妙透了！但是培琪太太希望你能把你的小厮送给她，看在这情分嘛。她的丈夫挺中意那小厮的，培琪先生倒真是个正人君子。温莎这儿从来没有哪个日子过得比他太太舒服的：爱干什么就干什么，爱说什么就说什么，银子进银子出，都归她管，想睡就睡，要起就起，一切随欲所心[3]；她也的确当得起这一切，因为温莎要是有个好女人，那就是她了。你一定得把你的小厮送过去给她，没有第二句话。

1　夫道：应为"妇道"。
2　早到晚到：应为"早祷晚祷"。
3　随欲所心：应为"随心所欲"。

福斯塔夫	哦，我会的。
奎克莉太太	欸，说到要做到哦。你看看，他可以在你俩之间穿金银线[1]啊；而且总得要有个暗号，你们可以明白对方心意，不必让那小童知道：小孩子知道任何坏事都不好。大人嘛，你也知道，能够判断，所谓了解人情书库[2]。
福斯塔夫	再会了，替我问候她们两位。我这钱包拿去：还不够还你人情呢。——孩子，跟着这位女士去吧。

奎克莉太太及罗宾下

这消息倒教我不知如何是好。

毕斯托尔	这婊子是丘比特的传声筒。
	扬帆，快追，张起备战保护屏，
	开火，她是俺的俘虏，不然把他们都淹死！<div align="right">下</div>
福斯塔夫	你道真是这样吗，老家伙？尽管去吧，今后我要更宝贵你这身老皮囊。她们还会看上你？你败了这许多钱财，如今成了赢家？好体态，我谢谢你。谁说它太臃肿，由他们说去，只要臃肿得体面合宜就没关系。

巴道夫持酒杯上

巴道夫	约翰爵士，楼下有一位布鲁姆先生求见，想交个朋友，还送来一杯白葡萄酒给大老爷您早上解渴。
福斯塔夫	他叫布鲁姆吗？
巴道夫	是的，大人。
福斯塔夫	叫他进来。<div align="right">巴道夫下</div>
	美酒满溢的布鲁姆，多多益善。啊哈，浮德太太和培琪太太，可给我逮着了吧？得嘞，加油！

---

1 穿金银线：应为"穿针引线"。
2 人情书库：应为"人情世故"。

巴道夫与改扮的浮德上，浮德拎着一袋钱

浮德 　　上帝祝福您，老爷。

福斯塔夫 　　也祝福您，大爷。

浮德 　　如此贸然求见，实在冒昧。

福斯塔夫 　　欢迎得很。有什么指教？酒保，你可以走了。　　巴道夫下

浮德 　　老爷，我是个乡绅，出手阔绰。我叫布鲁姆。

福斯塔夫 　　好布鲁姆先生，请多多指教。

浮德 　　好约翰爵士，我有事相求。倒不是来害你破财。我向你报告，我的境况比你更合适当个贷款人，也因此斗胆来惊动你。常言说得好，拿钱当先锋，条条大路通。

福斯塔夫 　　钱是阿兵哥，大爷，能冲锋陷阵。

浮德 　　（放下钱袋）确实如此，而我身边这一袋子钱挺沉重的。要是你肯帮我扛，约翰爵士，就整袋拿去，或者半袋也好，我的担子可以减轻些。

福斯塔夫 　　大爷，我不知有何德何能，当你的挑夫。

浮德 　　我会告诉你的，老爷，假如你肯听。

福斯塔夫 　　那就说吧，好布鲁姆先生。我乐意替你效劳。

浮德 　　老爷，我听说你有学问——我就长话短说——你的大名我早已久仰，虽然一直无缘认识你。我要向你说的这件事，其实会大大揭露我自己的短处。不过，好约翰爵士，你听着我说分明的时候，一只眼睛瞧着我的愚昧，另一只眼睛请看看你自己的记录，这样我或许可以比较容易过关，因为你自己知道，要犯这种过失何其容易啊。

福斯塔夫 　　很好，大爷，说下去吧。

浮德 　　这城里有一位女士，她丈夫名叫浮德。

福斯塔夫 　　嗯，大爷。

浮德 　　我早就爱上她了，而且，跟你说，我在她身上着实花了许

多银子：痴痴地追随她，找时机和她会面，每次只要有那么一点儿机会看到她，没有不出钱买通那些个推三阻四的；不只买了许多礼物送给她，还对张三李四大方出手，只为打听她喜欢人家送她什么。总而言之，我苦追着她就像爱情苦追着我——有机会绝不放过。然而无论我费尽多少心思，使尽多少办法，我应得的奖赏却是一样也没有得到，除了经验算是我花了无比代价买到的珠宝，使我得到教训，说出这样的话：

> "爱情如身影，你追它也跑；
> 你逃它就追，你追它就逃。"

福斯塔夫	你不曾从她那儿得到满意的保证？
浮德	不曾。
福斯塔夫	你可曾死命纠缠她，非让你满意不可？
浮德	不曾。
福斯塔夫	这么说来，你这是哪门子的爱情？
浮德	就像华美豪宅盖在别人的土地上，搞错了起厝的地点，也赔掉了房子。
福斯塔夫	你向我坦白这件事，用意何在？
浮德	我要讲的就是这些了。有人说，她虽然对我一本正经，在别的地方却很能打情骂俏，因此背后有些难听的话。现在，约翰爵士，就要说到我最重要的用意了。你是出身名门的绅士，谈吐高雅，交游广阔，地位和人品都受到敬重，能文能武，学识渊博，种种成就有目共睹。
福斯塔夫	啊，好说！
浮德	这是真的，你自己也知道。（指着钱袋）钱有的是，尽管花，花，多花些，花光我一切所有，交换的条件只是你的一些时间，以爱情围攻浮德这个老婆的贞洁。使出你追求

的本领，叫她乖乖顺服你。要是有哪个男人做得到，那就非你莫属。

福斯塔夫 你爱得如此猛烈，要是我把你一心要享受的赢了过来——这妥当吗？我看，你给自己开的是适得其反的药方子。

浮德 啊，我的计划是这样的：她仗着自己响亮的贞洁名声，有恃而无恐，害我心头的歪主意不敢出头。她光耀明艳，令人无法正眼瞧。可是，如果手里握有什么把柄，我的欲望可就有凭有据，可以说得出口了。那时候她纵然拿她的贞洁，她的名誉，她的婚约，以及其他一千种理由做防卫的挡箭牌，我也能把她逼出来，但是现在这些个铜墙铁壁抵挡着我。你觉得此计如何，约翰爵士？

福斯塔夫 布鲁姆先生，我先不客气收下你的钱。（收下钱袋）其次，咱们握个手。最后，我是有头有脸的人，一定会叫你，只要你愿意，享受到浮德的老婆。

浮德 啊，老爷真好！

福斯塔夫 我保证你必然可以。

浮德 钱是有的，约翰爵士，少不了你的。

福斯塔夫 浮德太太是有的，布鲁姆先生，少不了你的。不妨告诉你，我正要去会她，是她主动邀约的。就在你前脚进门来找我的时候，她那传话的还是牵线的后脚才出门呢。我说我会在十点到十一点之间去会她，因为那时候他那醋坛子的无赖老公不在家。你晚上来找我，就知道我战果如何了。

浮德 何其幸运，能结识你。你认得浮德吗，老爷？

福斯塔夫 去他的，这个合该当王八的倒霉鬼，我不认得他。不过我说他倒霉倒也冤枉了他：听人说，这个自甘当王八的醋坛子有金山银山呢——就是因此我才觉得他老婆长得顺眼。我要拿她当钥匙，打开那臭王八混蛋的金库，那就是我丰收的日子。

浮德　　　　我倒是希望你认得浮德，老爷，这样见到了他也好回避。

福斯塔夫　　去他的。卖咸牛油的贱货！我一瞪眼就把他吓得魂飞魄散，我会拿棍子吓唬他，它会像一颗流星[1]，悬在这王八的头角[2]上。布鲁姆先生，你[3]等着瞧。我会制服这个土包子，你一定能跟他老婆睡觉。晚上早早来我这儿。浮德是个贱人，我得送他几个头衔才好。你，布鲁姆先生，会知道他不只下贱，还是个王八。晚上早早来我这儿。　　　　　　下

浮德　　　　这是哪门子该死的好色老贼啊？简直气炸我了。谁说这是瞎吃醋的？我老婆已经传话给他，时间也定了，都凑成一对儿了。哪个男人会想到这个？讨了个偷人的女人，倒霉死了：我的床要给弄脏了，我的金库要给洗劫一空了，我会名誉扫地，不只蒙受这奇耻大辱，还要给冠上难听的称号，而且是被加害于我的人。绰号、骂名！阿昧蒙听起来还可以；路西非尔，还可以；巴巴松，还可以：这些都还是魔鬼的头衔，恶魔的名号。[4]可是，王八？乌龟？王八？就是魔鬼自己也没有这头衔。培琪是蠢驴，自信满满的蠢驴。他要信任他老婆，他不要吃醋。我宁可把我的牛油交给佛兰芒人保管，把我的奶酪交给爱文斯牧师那威尔士人

1　流星是噩兆。

2　头角：头上长角即指男人戴绿帽。

3　在此之前，福斯塔夫都以客气的 you 称呼布鲁姆。到了这里及后面，他三次不客气地称呼布鲁姆为 thou，其中一次更是直呼"你，布鲁姆先生"，显然得意忘形，也是鄙夷布鲁姆。
　　——译者附注

4　阿昧蒙（Amaimon）、路西非尔（Lucifer）、巴巴松（Barbason）都是魔鬼。

保管，把我的"活命水"交给爱尔兰人保管，[1] 或是把我那容易骑的马交给盗贼保管，也不把我老婆交给她自己保管。她会打主意，会想点子，会搞花招，而且只要她们心里想的，她们就做得出来——就算心都碎了她们也做得出来。谢天谢地，给我这股醋劲！约好十一点钟。我要拦阻这件事，拆穿我老婆，报复福斯塔夫，还要取笑培琪。我要立即行动。宁可早三个钟头，不可晚一分钟。呸，呸，呸！王八，王八，王八！

下

第三场 　/　 第七景

凯兹与勒格比上

凯兹	杰克·勒格比！
勒格比	老爷？
凯兹	几点钟了，杰克？
勒格比	老爷，已经过了跟爱文斯牧师约好见面的时间了。
凯兹	妈的，他不来，他保住他的小命了。他祷告他的神经[2]很好，他不来。妈的，杰克·勒格比，如果他来，他已经死了。
勒格比	他有智慧，老爷。他知道要是来的话，老爷您会杀了他。

---

1 佛兰芒人（Fleming）嗜牛油，威尔士人（Welshman）嗜奶酪，爱尔兰人（Irishman）嗜烈酒（俗称"活命水" [aqua-vitae]）。

2 神经：应为《圣经》。

凯兹	妈的，鲱鱼也没那么死，要是我杀他。[1]（拔剑）哪出[2]你的细剑，杰克。我来告诉你我会怎么杀死他。
勒格比	哎哟，老爷，我不会击剑。
凯兹	坏点[3]，哪出你的细剑。
勒格比	等一下。有人来了。（凯兹收剑入鞘）

店主、夏禄、斯兰德与培琪上

店主	祝福你，大夫老兄。
夏禄	上帝保佑您，凯兹大夫先生。
培琪	欸，好大夫先生。
斯兰德	早安，大人。
凯兹	各位你们，一、二、三、四，来干吗？
店主	来看你打斗，看你横冲，看你直撞，看你左闪，看你右跳，看你怎么正面劈，反手刺，往上挑，保持什么距离。[4]他死了吗，我的埃塞俄比亚人？他死了吗，我的弗朗西斯科？[5]哈，老兄！我的神医，我的名医，我的接骨木？哈？他死了吗，尿壶兄[6]？他死了吗？
凯兹	妈的，他是世界上最脑肿[7]的牧师。他没有露出他的脸。
店主	你是西班牙验尿大王。希腊将军赫克托耳[8]，我的老弟！

---

1 这是凯兹的蹩脚英语，意思是：我若杀他，他会比鲱鱼更没命（dead as a herring 是俚语）。
——译者附注

2 哪出：应为"拿出"。

3 坏点：应为"坏蛋"。

4 店主在卖弄他关于剑术各种招式的知识。

5 埃塞俄比亚人：泛指非洲人。弗朗西斯科：应是指法兰西人。店主欺负凯兹是外国人，便胡扯一通。

6 尿壶兄：即指医师，因为诊断要靠验尿。

7 脑肿：应为"孬种"。

8 赫克托耳（Hector）其实是特洛伊名将。

凯兹	我请各位做证，我已经等了他，六个还是七个[1]，两三个钟头，而他没来。
夏禄	他比较聪明，大夫先生。他是救灵魂的，您是救身体的。你们如果打起来，就违背了你们的职业。可不是吗，培琪先生？
培琪	夏禄先生，您也曾经很好斗啊，虽然现在当起和事佬。
夏禄	上帝为证，培琪先生，我现在虽然老了，变平和了，可是，只要看到拔出剑来，我的指头还是痒痒的，想要插一手。尽管我们是法官，是大夫，是牧师，培琪先生，我们体内还是有些年轻人的热血。我们毕竟是女人所生，培琪先生。
培琪	是没错，夏禄先生。
夏禄	的确是如此，培琪先生。——凯兹大夫先生，我是来接您回家的。我已经发誓要做和事佬。大家知道您是个有智慧的医师，爱文斯牧师是个有智慧、能容忍的教士。您非得跟我走不行，大夫先生。
店主	抱歉了，法官客人[2]。我跟你说句话，尿水先生。
凯兹	"鸟水"？那是啥？
店主	尿水，在咱英语里，就是勇气，老兄。
凯兹	老天，那我的鸟水可跟英国人一样多。下流的狗杂种牧师！妈的，我要割下他的耳朵。
店主	他会海扁你一顿的，老兄。
凯兹	"海边"？那是啥？
店主	那是说，他会向你赔罪。
凯兹	妈的，我看他非海边我不行，妈的，我就是要这个。

---

1 凯兹在点数证人人数。其实在场的至多六人，而且只有勒格比可以当证人。——译者附注
2 法官客人：夏禄也住在嘉德客栈。

店主	我也会挑拨他这样做，不然就让他去见鬼去。
凯兹	我谢谢您，为啥[1]。
店主	而且，还有呢，老兄——（旁白。对夏禄、培琪与斯兰德）不过首先，房客先生、培琪先生，以及斯兰德大少爷，你们穿过这城，到弗罗格莫尔镇去。
培琪	爱文斯牧师在那儿，是吧?
店主	他在那儿。看看他的脾气如何。我带着大夫从田畴过去。这样好吗?
夏禄	我们照办。
培琪、夏禄和斯兰德	再会了，好大夫先生。　　培琪、夏禄与斯兰德下
凯兹	妈的，我要杀死那个牧师，谁叫他替一个猴崽子向安妮·培琪提亲呢。
店主	让他死。收敛你的急性子，泼点儿冷水在你的火气上。跟我绕道田畴，去弗罗格莫尔镇。我会带你去一个农家，安妮·培琪小姐正在那儿做客吃饭呢，你去向她求婚。看到猎物啦——我这话妙吧?
凯兹	老天，我谢谢您，为啥。老天，我喜欢您，我会替您找好的客人：伯爵啦，爵士啦，贵族啦，绅士啦——我的饼人[2]。
店主	那我要在安妮·培琪的婚事上跟你杠上[3]。说得妙吧?
凯兹	老天，好，说得妙。
店主	那，咱们走吧。
凯兹	在我后面跟着，杰克·勒格比。　　　　　众人下

---

1 为啥：应为"为此"。

2 饼人：应为"病人"。

3 杠上：原文是 adversary（敌人）。店主欺负凯兹是外国人，听不懂。而果真后者感谢不已，大概以为是"支持者"（advocate）之类的。事实上，店主帮的是另一个求婚者，所以的确是凯兹的敌人。——译者附注

第三幕

第一场 / 第八景

爱文斯与辛普上。爱文斯一手持剑，一手执书；辛普抱着爱文斯的袍子

爱文斯　　请问你，斯兰德少爷的好听差，大名辛普的朋友，你往哪一条路找凯兹先生了——那个自称是医学博士的?

辛普　　哎呀，大人，往小公园路，往大公园路，往旧温莎路——每一条路，除了往城里去的路。

爱文斯　　我坚决要求你，哪条路[1]你也要注意看。

辛普　　好，大人。（站到一旁，继续观望）

爱文斯　　包油[2]我的灵魂吧，真气死我了，连心脏都在战斗[3]！假如他糊弄了我，我才高兴呢。我都气昏了！要是逮着机会，我要拿那个混蛋的尿罐子砸他的老呆瓜[4]。包油我的灵魂吧！

（唱）

到小溪，听鸟鸣，[5]

伴随潺潺流水音。

你我铺设美鬼[6]床，

1　哪条路：应为"那条路"。

2　包油：应为"保佑"。

3　战斗：应为"颤抖"。

4　老呆瓜：应为"脑袋瓜"。

5　以下爱文斯唱的两段歌词出自克里斯托弗·马洛名诗"Come live with me and be my love"（《来跟我同居，做我的情人》），但当中夹入的"当我坐在[巴]比伦"（When as I sat in [B]abylon）那一行是取自《圣经·诗篇》137首第一行。

6　美鬼：应为"玫瑰"。

千束花朵飘芳香。

到小溪——

可怜我吧！我好想哭。

（唱）

伴随潺潺流水音。

当我坐在趴比伦[1]

——千束花朵飘芳香。

到小溪——

辛普	他从那边，朝这里来了，爱文斯大人。

爱文斯　欢迎他来。

（唱）到小溪，听鸟鸣——

愿老天包油好人！他是啥武器？

辛普　　没有武器[2]，大人。我的主人、夏禄先生，还有一位绅士，

从弗罗格莫尔方向，跨过梯磴[3]，朝这儿来了。

培琪、夏禄与斯兰德上

爱文斯　（读《圣经》）请把我的外袍给我——不然还是你捧着吧。[4]

夏禄　　怎么，牧师先生？早安，好爱文斯大人。要赌鬼不掷骰子，

读书人不读书，那是天下奇闻。

斯兰德　（旁白？）啊，可爱的安妮·培琪！

培琪　　愿上帝保佑您，好爱文斯大人！

爱文斯　愿他的慈悲包油您，你们大家！

夏禄　　什么，又是刀剑又是《圣经》？您这两样都研究吗，牧师

1　趴比伦：应为"巴比伦"。

2　应该是指凯兹剑不在手上或剑未出鞘。

3　梯磴（stile）：围栏或墙垣旁设置的梯子，以便行人跨越。——译者附注

4　爱文斯原已脱去外袍，准备决斗，如今看见对方并无打斗之意，想穿回外袍，但因手上握了
剑不方便，遂改变主意。——译者附注

	先生?
培琪	可真年轻啊：穿紧身夹克和长裤，[1] 在这阴冷叫人害风湿的日子？
爱文斯	这是有理由、有缘故的。
培琪	咱们来是要为您做一件好事的，牧师先生。
爱文斯	很好。做什么？
培琪	那边儿有一位人人敬重的绅士，大概是被谁冒犯了，完全顾不得自己的庄重与耐性，真是前所未见呢。
夏禄	我活了八十多岁了，从来没听说过像他这么有身份、有威严、有学问的人会这样情绪完全失控的。
爱文斯	是什么人？
培琪	我想您也认识他：凯兹大夫先生，大名鼎鼎的法国医师。
爱文斯	赏帝的意旨，和我心里的怒火！你们还不如跟我讲一锅烂稀饭呢。
培琪	为什么？
爱文斯	他根本不懂得什么希波克拉底或加伦[2]，而且还是个无赖——从没见过这么孬种的无赖。
培琪	（对夏禄）原来他就是要跟他决斗的人。[3]
斯兰德	（旁白？）哦，可爱的安妮·培琪！
夏禄	看他的武器，应该是了。快把他们俩隔开，凯兹大夫来啦。

店主、凯兹及勒格比上，凯兹与爱文斯预备决斗

| 培琪 | 不要啦，好牧师先生，把您的武器收起来。 |

1　意指没有穿外袍。

2　希波克拉底（Hibocrates [应为 Hippocrates]）：公元前 4 至 5 世纪的希腊名医。加伦（Galen）：公元 2 世纪的希腊名医。

3　前面的"他"指爱文斯，后面的"他"指凯兹大夫。培琪假装到现在才知道要决斗的是他们两人。——译者附注

夏禄	您也是，好大夫先生。
店主	解下他们的武装，让他们斗嘴。让他们保住手脚完好，来砍杀咱们的英语吧。（夏禄与培琪解下双方的剑）
凯兹	请您让我跟您的耳朵说句话。您是为什么不来跟我捡面¹？
爱文斯	（旁白。对凯兹）拜托，请您忍耐着点。——（大声）你可来了！
凯兹	老天，你是个脑肿、狗杂种、猴杂种。
爱文斯	（旁白。对凯兹）拜托，咱们别让人家看笑话。我想跟您交个朋友，也会设法向您赔罪。——（大声）看我不拿您的尿罐子砸您这无赖的老呆瓜才怪。
凯兹	见你的鬼！杰克·勒格比、俺的假的²客栈老板，我难道没有等他来以便了结他吗？在我指定的地方，没有吗？
爱文斯	我以基督徒的身份说，你听好了，这里就是指定的地点。我让我的嘉德客栈老板来评理。
店主	别吵了，我说，加利亚和高卢³，法兰西人和威尔士人，灵魂治疗师和肉体治疗师！
凯兹	嗯，说得很好，好极了。
店主	别吵啦，我说。听"俺的嘉德客栈老板"讲几句话吧。我狡猾吗？我诡诈吗？我老奸巨猾吗？难道要我失去我的大夫？不行，他给我开补药开泻药。难道要我失去我的牧师？我的教士？我的爱文斯大人？不行，他给我箴言和假言。（对凯兹）手伸过来，属地的⁴，好。（对爱文斯）手伸过

---

1 捡面：应为"见面"。

2 假的：应为"嘉德"。

3 加利亚（Gallia）和高卢（Gaul）：指威尔士和法兰西。

4 凯兹是大夫，照顾肉体，所以属地。

来，属天的 [1]，好。两位有本事的孩子，我蒙了你们两位：引导你们到错误的地点。你们的胆子都够大，你们的体肤都无损，咱们喝杯热乎乎的白葡萄酒，事情就此结束吧。——（对培琪与夏禄）来，把他们的剑拿去当了。——（对凯兹与爱文斯）言归于好的孩子，跟我走，跟过来，跟过来。

下

夏禄　　　　真是的，疯疯癫癫的老板。跟上去吧，各位，跟上去吧。

斯兰德　　　（旁白？）哦，可爱的安妮·培琪！

夏禄、斯兰德与培琪下

凯兹　　　　啊，我看不出来吗？你把我们当作喷蛋 [2] 哪？啊，啊？

爱文斯　　　这可好，他把咱们当作他的小饼 [3] 了。我想咱们交个朋友，两个老呆瓜 [4] 凑在一块，报复这个卑鄙可恶的骗子，这个嘉德客栈老板。

凯兹　　　　妈的，我完全赞同。他答应带我去找安妮·培琪；妈的，他也蒙我。

爱文斯　　　哼，我要打破他的老呆瓜。请跟我走吧。　　　　同下

1　爱文斯是牧师，照顾灵魂，所以属天。
2　喷蛋：应为"笨蛋"。
3　小饼：应为"笑柄"。
4　老呆瓜：应为"脑袋瓜"。

第二场 ／ 第九景

罗宾与培琪太太一前一后上

培琪太太　不，你往前走啊，小伙子。你一向是在后头跟，可现在成
　　　　　领头的了。你是喜欢带领我的眼睛呢，还是情愿眼睛盯着
　　　　　你主人的脚后跟？

罗宾　　我当然是情愿走在您前面，像个大男人，不喜欢跟在他后
　　　　　头，像个侏儒。

培琪太太　哟，你这孩子挺会奉承的。我看你将来可以到宫廷去侍候。

浮德上

浮德　　真巧，培琪嫂。您上哪儿啊？

培琪太太　说真的，大爷，是要去看大嫂。她在家吗？

浮德　　在呀，正因为没有伴，简直失魂落魄似的。我想啊，要是
　　　　　你们的丈夫死了，你们俩倒可以结成一对。

培琪太太　那还用说——我们另找两个丈夫。

浮德　　您哪儿弄来这只帅气的风信鸡[1]？

培琪太太　是我丈夫弄来的，从哪个姓啥名谁的鬼家伙那里我不知道。
　　　　　你那骑士叫什么名字来着，小子？

罗宾　　约翰·福斯塔夫爵士。

浮德　　约翰·福斯塔夫爵士？

培琪太太　是他，是他。我总是记不住人名。我那男人跟他颇有交情。
　　　　　您家嫂子当真在家？

浮德　　她真的在。

1　风信鸡：指罗宾个子小。——译者附注

培琪太太	那我就走了，大爷，我没见到她，总觉得难受。

培琪太太与罗宾下

浮德	培琪还有头脑吗？他还有眼睛吗？他还有思想吗？他这些器官一定在睡大觉，他用不着嘛！哼，要这孩子送一封信到二十里外，就像大炮直射到二百四十码远那么容易。他放任他老婆随心所欲，他鼓励她，给她机会。瞧她现在要去找我老婆，还带着福斯塔夫的小厮。听风怎么吹就知道大雨来不来。还带着福斯塔夫的小厮。计划得可真好哇，咱们两个不忠的老婆要一块儿下地狱。哼，我要逮住他，然后拷打我老婆，扯下培琪太太那张借来的假正经面具，让人人知道培琪是个自信满满心甘情愿的阿克泰翁[1]。我这惊天动地的作为，左邻右舍一定会大声喝彩。（钟响）钟声在提醒我，我有把握，赶快去搜：我会揪出福斯塔夫来。我会因此受到赞美而不是嘲讽，因为就像地球是稳固的，福斯塔夫一定正在那里。我这就去。

培琪、夏禄、斯兰德、店主、爱文斯、凯兹及勒格比上

夏禄、培琪等人	幸会啊，浮德先生。
浮德	真是浩大的队伍啊。我家里有好东西招待，请各位都跟我来。
夏禄	恕我失陪，浮德先生。
斯兰德	我也是，大爷。我约好了要和培琪小姐吃饭，给我再多的钱我也不会对她失约的。
夏禄	我们在这里待下来，为的是安妮·培琪和我甥儿的婚事，今天我们就要讨个回音。
斯兰德	我希望有您的支持，培琪老爹。
培琪	斯兰德少爷，我完全支持您。可我的太太，医师先生，却

---

1 阿克泰翁：意指王八（阿克泰翁被变为雄鹿，头上的角代表戴绿帽）。

	是一心向着您。
凯兹	是啊，妈的，而且那姑娘也爱我。我的管家奎克莉太太怎么[1]跟我说的。
店主	（对培琪）您觉得范顿少爷怎么样？他人开朗，他会跳舞，他眼里洋溢着青春，他写诗，他谈吐优雅得体，他浑身透着春天的气息。他一定会赢的，他一定会赢的，可以打包票，他一定会赢的。
培琪	我可不答应，我告诉您。那位大少爷没有家产。他跟那荒唐的太子还有波因斯厮混。[2]他的层次太高了，他的见闻也太广了。不，他别想拿我的钱发财。假如他要娶她，就让他光娶她一个人；我的钱财得等我点头，而我不会朝那边儿点头。
浮德	我诚心邀请，你们来几位到我家吃饭。除了酒菜，保证还有好玩儿的：我要给你们看一个怪物。大夫先生，您一定得来，您也是，培琪兄，还有您，爱文斯大人。
夏禄	那么，各位再会了。——（旁白。对斯兰德）这样咱们在培琪先生家提亲，会自在得多。　　　夏禄与斯兰德下
凯兹	回去吧，勒格比，我一会儿就回来。　　　勒格比下
店主	再会了，好哥儿们。我去找我那诚实的骑士福斯塔夫，陪他喝几杯加那利[3]。　　　下
浮德	（旁白）我想我会先跟他喝木管酒[4]。我要叫他活蹦乱跳。——

1　怎么：应为"这么"。

2　太子哈尔（Prince Hal）与波因斯（Poins）是在《亨利四世》（上）中跟福斯塔夫厮混的人物。

3　加那利（canary）是西班牙的一种甜酒，也是一种活泼舞蹈的名称，由此引出浮德下一句台词。

4　木管酒：原文 pipe wine，有两种意思：一是从木管（筒）导出的酒；二是有管乐效果，能叫人舞蹈的酒。——译者附注

（大声）各位爷们，走吧？

众人　　　咱们跟您去看那怪物。　　　　　　　　　　　　　　　众人下

第三场　　/　　第十景

浮德太太与培琪太太上

浮德太太　　喂，约翰？喂，罗伯特？

培琪太太　　快，快！那个放脏衣服的篓子——

浮德太太　　搞定了。喂，罗宾，我叫你哪！

约翰及罗伯特携洗衣篓上

培琪太太　　来，来，来。

浮德太太　　这儿，放下来。

培琪太太　　快交代他们啊，只能简单说了。

浮德太太　　对。照着我先前吩咐你们的，约翰、罗伯特，你们在酿酒
　　　　　　　房守候着，听到我一声叫唤就上前来，毫不迟疑稳稳当当
　　　　　　　地[1] 抬起这篓子；然后赶快跟着那些漂白布的人把它抬到大
　　　　　　　茄草坪[2]，把里面东西倒进泰晤士河边的泥沟里。

培琪太太　　（对约翰及罗伯特）办得到吧？

浮德太太　　我向他们一再吩咐过了，他们不会弄不清楚的。去吧，等
　　　　　　　喊你们你们就过来。　　　　　　　　　　　　约翰及罗伯特下

1　稳稳当当地：原文 without...staggering。staggering 指"摇摇晃晃"。浮德太太料到，加上福
　　斯塔夫的体重，两人抬起篓子步伐难免不稳。——译者附注
2　大茄草坪（Datchet Mead）：位于温莎小公园与泰晤士河之间的草坪。

培琪太太	小罗宾来了。

罗宾上

浮德太太	怎么样，我的小雄鹰？有什么消息？
罗宾	我的主人，约翰爵士，已经从您的后门进来了，浮德太太，他想跟您谈心。
培琪太太	你这个小玩意儿，你有没有替我们保密？
罗宾	有啊，我发誓。我的主人不知道您在这儿，还吓唬我说，要是我告诉您这件事，他就叫我一辈子自由自在[1]：他发誓会辞退我。
培琪太太	你是个好孩子。只要你能保密，我让你穿新衣，给你做一套新夹克和紧身裤。我要去躲起来了。
浮德太太	去吧。——（对罗宾）去告诉你主人，我一个人在家里。

罗宾下

培琪嫂，记住你的暗号。

培琪太太	你放心。要是我没照本演出，尽管嘘我。 下
浮德太太	那好。咱们好好来对付这个病态的水囊，这个臃肿的烂南瓜。咱们要教教他，好好分辨斑鸠跟松鸦[2]。

福斯塔夫上

福斯塔夫	我可真握住了你，我天上的珍宝？[3]哦，此刻就让我死去吧，因为我已经活够了：此生于愿足矣。啊，这是何等蒙福的时刻！
浮德太太	啊，亲爱的约翰爵士！

---

1 亦即永不雇用他。

2 斑鸠（turtle，即 turtle-dove）是忠贞的象征；松鸦（jay）颜色鲜艳，在此代表淫荡的妇女。

3 这一句改自菲利普·锡德尼（Philip Sidney）爵士的十四行诗集《爱星者和星星》（*Astrophil and Stella*）。

福斯塔夫	浮德太太，我不会油嘴滑舌，我不会花言巧语，浮德太太。但现在我有个心愿，会害我犯罪：我巴不得你丈夫死掉。我可以当着至尊的贵人面讲。我要娶你做我的夫人。
浮德太太	我做您的夫人，约翰爵士？哎哟，那我会是个不起眼的夫人！
福斯塔夫	就算法兰西宫廷也找不出一个比得上你的。我看你的眼睛有如钻石；你那美丽的额头突起得恰到好处，搭配船形的头饰，完美的头饰，或是任何在威尼斯流行的头饰，都很合适。
浮德太太	一块普普通通的帕子吧，约翰爵士。我这额头配不上戴什么其他的，就连那个也很勉强呢。
福斯塔夫	你讲这话太残酷了。你当个宫廷人物绝对绰绰有余。你那稳重的脚步，穿上半撑的圆裙，走起路来一定格外摇曳生姿。我看得出你天生丽质，要不是命运和你作对，你应该飞上高枝。真的，你是藏不住的。
浮德太太	不瞒您说，我身上没有您说的这些。
福斯塔夫	是什么使我爱上你？就凭这一点，你就该相信你身上有出众之处。来吧，我不会油嘴滑舌，说你这样那样，像那些口齿不清爱装腔作势的纨子弟，像穿着男人衣服的娘儿们，一身气味，活像采集草药季节的香料大街。我做不到。但是我爱你，单单爱你——而你也配得我这般爱你。
浮德太太	可别口是心非哟，大爷。我只怕您爱着培琪太太。
福斯塔夫	你怎不说我爱到堪特[1]前门溜达呢，我恨那地方就像我恨石灰窑的臭味。
浮德太太	嗯，上天知道我有多爱您，您总有一天会发现的。
福斯塔夫	保有这份心意，我不会辜负你的。

1　堪特（Counter）是伦敦一处监狱，专门囚禁无力偿还欠债者。

浮德太太	好，我得告诉您，您说话要算数，否则我不能保有那份心意。
罗宾	（从幕内说或上场）浮德太太，浮德太太，培琪太太在门口，一头汗水，气喘吁吁，一副气急败坏的模样儿，说是现在就要跟您说话。
福斯塔夫	不可以让她看见我。我来躲在这挂毡后面。（福斯塔夫躲了起来）
浮德太太	拜托，快躲。她可是个长舌妇。

培琪太太上，罗宾可此时上

怎么回事儿？怎么啦？

培琪太太	啊，浮德嫂，您干下什么事啦？您的脸丢大啦，您栽大跟头啦，您一辈子都毁啦！
浮德太太	怎么回事儿啊，好培琪嫂？
培琪太太	哎呀，糟糕啦，浮德嫂，您的丈夫这么正派，您还让他有理由疑心你！
浮德太太	什么疑心的理由？
培琪太太	什么疑心的理由？您不害臊！我怎么竟错看了您？
浮德太太	哎呀，怎么回事嘛？
培琪太太	你丈夫正要过来，女人，带着温莎所有的警官，要来搜查一个绅士，他说这个人此刻就在这屋里，是你同意的，趁他不在。你完了。
浮德太太	不会这样吧，我希望。
培琪太太	求求老天没有这回事，但愿您这儿没有这么个男人！但千真万确的是，您的丈夫正在路上，温莎城里有一半的人跟在他后头，要来搜查这个人。我先来告诉您。要是您自认清清白白，那，我替您高兴。可要是您有个朋友在这儿，快，快把他弄出去。别吓呆了，赶紧清醒过来，保全您的名声，不然就跟您的好日子永远告别。

浮德太太　　我该怎么办？是有一位绅士我的好朋友——我不怕我自己丢人，倒是怕拖累他。我情愿不要一千镑，只要他不在这屋里。

培琪太太　　别不要脸了，扯些什么"你情愿"这"你情愿"那的。您的丈夫就要到啦！赶紧想个法子——您不能把他藏在这屋里。哦，您真能瞒我。瞧，这儿有个篓子。他要是身材大小还可以，能爬进这里面，再往他身上扔些脏衣服，假装是要拿去清洗。或者呢——现在是漂白衣裳的时候——派两个仆人把他送到大茄草坪去。

浮德太太　　他的块头太大，进不了那里。我该怎么办？

福斯塔夫　　（从藏身处出来）让我瞧瞧，让我瞧瞧，啊，让我瞧瞧！我进去，我进去。就照你朋友的主意。我进去。

培琪太太　　（旁白。对福斯塔夫）什么，约翰·福斯塔夫爵士？这是您的信吗，骑士？

福斯塔夫　　我爱你。帮我脱身。让我爬进去。我绝不会——（爬进洗衣篓，她们用脏衣服遮住他）

培琪太太　　（对罗宾）孩子，帮忙把你主人遮住。——
　　　　　　　去叫你的仆人，浮德嫂。——（对福斯塔夫）你这虚情假意的骑士！

浮德太太　　喂，约翰！罗伯特！约翰！　　　　　　　　　　罗宾下

约翰及罗伯特上

　　　　　　　快把这些衣服抬起来。扁担在哪儿？（两人极力把扁担伸进衿环里）瞧你们，动作慢吞吞的！把这些抬到大茄草坪洗衣妇那儿。快点，来。

浮德、培琪、凯兹与爱文斯上

浮德　　　　（对培琪、凯兹与爱文斯）各位，请过来些。我要是毫无理由瞎猜疑，那就让我当你们的笑料，我是活该。咦，怎么？你

	们要把这个抬到哪儿去？
约翰	到洗衣妇人那儿，真的。
浮德太太	怎么，他们要抬到哪儿，关您什么事儿啊？洗衣服洗帽子的事儿还要您来管哪？
浮德	洗帽子？我倒巴不得能洗刷我自己的绿帽子！帽子，帽子，帽子！对，帽子！我告诉您，帽子——而且来得还正是时候。

约翰及罗伯特抬篓子下

	各位大爷，我昨晚做了个梦。我来告诉你们我做的梦。喏，喏，喏，这是我的钥匙。上楼到我的卧室，去搜，去查，去找。我保证我们可以揪出那只狐狸来。（锁门）好啦，现在给我出来！
培琪	好浮德兄，冷静下来。您太对不起自己了。
浮德	没错，培琪兄。上楼去，各位大爷。你们马上就会看到好戏的。跟我来，各位。

下

爱文斯	这真是摩门其妙[1]的个性和醋劲。
凯兹	妈的，在法兰西不兴这一套：法兰西不吃醋。
培琪	算了，跟他走，大爷们。看他找出啥名堂来。

培琪、凯兹与爱文斯下

培琪太太	这岂不是一石两鸟吗？
浮德太太	我不知道哪一样使我更开心——我丈夫被骗，还是约翰爵士。
培琪太太	你丈夫问篓子里装了什么的时候，他一定吓得屁滚尿流！
浮德太太	我就是觉得他有必要洗洗干净，所以把他扔进沟里也算是功德一件。
培琪太太	去死吧，无耻的流氓！但愿有这种毛病的人都吃到同样的苦头。

---

1 摩门其妙：应为"莫名其妙"。

浮德太太	我想我丈夫特别怀疑福斯塔夫在屋里——我从来没见过他有这么大的醋劲。
培琪太太	我来设法试探试探他，也要再戏弄福斯塔夫几次。他这种风流病，光这一帖药根本不会有效果。
浮德太太	咱们要不要差那个笨蛋婆娘，奎克莉太太，到他那儿，好言解释一下把他扔进沟里的事，再给他另一个希望，再教训他一次？
培琪太太	咱们就这么办。要他明天八点钟来，给他补偿补偿。

浮德、培琪、凯兹与爱文斯上

浮德	我找不到他。也许那个混账只是吹嘘，根本做不到。
培琪太太	（旁白。对浮德太太）听见他说的吗？
浮德太太	您待我可真好啊，浮德先生，是不是？
浮德	是啊，是没错。
浮德太太	但愿上天还您人模人样，去了您的龌龊念头！
浮德	阿门！[1]
培琪太太	您太对不起自己了，浮德先生。
浮德	是，是，我必须认了。
爱文斯	要是这家宅里，房间里，箱子里，橱柜里缠着[2]什么人的话，到了最后审判日，求上天宽恕我的罪过。
凯兹	妈的，我也是。一个人都没有。
培琪	呸，呸，浮德兄，您难道不害臊吗？是什么妖魔鬼怪给了您这种念头？就是把温莎城堡全部财富都给我，我也不要犯您这种毛病。
浮德	是我的弱点，培琪兄。我的不幸。

---

1 阿门（Amen）：祷告的结尾语，表示由衷赞同。——译者附注
2 缠着：应为"藏着"。

爱文斯	您的不幸在于两心[1]坏。您的夫人是个规矩的奴人[2]，在五千人，甚至五百人当中，我也找不出一个。
凯兹	妈的，我看这是个规矩的女人。
浮德	嗯，我答应过请你们吃饭。来，来，到园子里走走，请你们原谅我。我以后再告诉各位，我为什么会做这种事。来，老婆，来，培琪嫂。请你们原谅我。请打从心底里原谅我。
培琪	（对凯兹与爱文斯）咱们进去吧，爷们，不过，放心好了，咱们要取笑他。——（对浮德、凯兹与爱文斯）请各位明天务必到我家吃早饭。反正咱们要一起去打鸟，我有一只很好的猎鹰，能追捕矮树丛里的燕雀。就这么定吧？
浮德	怎么都行。
爱文斯	只要有一个去，我就当第儿歌[3]。
凯兹	只要有一两个去，我就当第伞子[4]。
浮德	拜托，走吧，培琪先生。　　除爱文斯与凯兹外众人下？
爱文斯	请您现在记住明天那个臭无赖，我的店主。
凯兹	好，妈的，我会全心全意记住他。
爱文斯	一个臭无赖，竟敢嘲弄、戏耍我们。　　同下

1 两心：应为"良心"。
2 奴人：应为"女人"。
3 第儿歌：应为"第二个"。
4 第伞子：应为"第三者"。

第四场 / 第十一景

范顿与安妮上

范顿　　　　我看我是讨不到你父亲的欢心了，
　　　　　　所以别再要我去求他，亲爱的妮妮。

安妮　　　　唉，那怎么办呢？

范顿　　　　咦，你必须自己做主啊。
　　　　　　他反对我，说我家世太显赫，
　　　　　　又说我因为把财产挥霍一空，
　　　　　　一心指望拿他的钱来弥补。
　　　　　　他还在我面前摆了别的障碍：
　　　　　　我过去的荒唐，我放荡的朋友；
　　　　　　又跟我说，我不可能爱你，
　　　　　　只是把你当作一笔财产。

安妮　　　　也许给他说中了呢。

范顿　　　　不，今后愿上天祝福忠实的我！
　　　　　　虽然我承认，你父亲的财富
　　　　　　是我最初向你求婚的动机，安妮，
　　　　　　然而，因为追求你，我发现你
　　　　　　比金币或钱包的总和更有价值。
　　　　　　你本人真实的富有才是
　　　　　　现在我追求的。

安妮　　　　好范顿少爷，
　　　　　　还是要寻求家父的欢心，别放弃，大少爷。
　　　　　　万一有机会提出最谦卑的要求

依然得不到，嗯，那么——您过来！（两人到一旁说话）

夏禄、斯兰德与奎克莉太太上

夏禄	去打断他们的谈话，奎克莉太太。我的外甥要替他自己说话。
斯兰德	我反正是要提亲。管他的，试试又何妨。
夏禄	别畏怯。
斯兰德	不，我才不会为她却步：我不在乎那个，但我害怕。
奎克莉太太	喂，斯兰德少爷想对您说句话。
安妮	我就过去。——（旁白。对范顿）这位是我父亲看中的。 啊，无论你有多少丑陋的毛病， 年收入三百镑能使你顺眼英俊！
奎克莉太太	范顿大少爷可好？拜托，有句话要跟您说。（两人到一旁说话）
夏禄	她来了。上前去，甥儿。孩子啊，想想你父亲[1]！
斯兰德	我有个父亲，安妮小姐。我舅舅能告诉您他许多有趣的笑话。拜托，舅舅，告诉安妮小姐，我父亲怎么从围栏里偷走两只鹅的笑话，好舅舅。
夏禄	安妮小姐，我外甥爱您。
斯兰德	对，我爱她，我爱格洛斯特郡任何一个女人也不过如此。
夏禄	他会把你照顾得像个贵妇。
斯兰德	对，我会，管它尾巴短还是长，反正照着乡绅的规矩办。
夏禄	他愿意提供一百五十镑给你当作遗产。
安妮	好夏禄大爷，让他自个儿求婚吧。
夏禄	当然，那就谢谢您。谢谢您这番好意。她叫你呢，甥儿。

---

1 想想你父亲：原文是 thou hadst a father（你有过父亲）。夏禄的意思是要鼓励斯兰德：你父亲勇敢／你父亲也曾向女人提亲。但斯兰德会错意，以为要他拿父亲当作话题。

	那我走开。（退至一旁）
安妮	嗯，斯兰德先生。
斯兰德	嗯，好安妮小姐。
安妮	您来有何意图？
斯兰德	我的遗嘱？上帝的宝贝心肝哟，这个玩笑可真有意思！我还没有立下遗嘱，我感谢上天。我不是那么病弱的东西，我赞美上天。
安妮	我是说，斯兰德先生，您来找我有什么事？
斯兰德	老实说，我自己嘛，我没什么要对您说的。是您的父亲和我的舅舅提起这门亲事的。假如这是我的幸运，好哇；假如不是，就祝福那个幸运的人。事情进展得如何他们可以告诉您，比我讲得清楚。您可以问您的父亲——他来了。

培琪夫妇上

培琪	啊，斯兰德先生——你要爱他，安妮乖女儿。—— 咦，怎么回事？范顿先生在这儿干吗？ 您太过分了，少爷，老是这样来我家纠缠。 我向您说过，少爷，我女儿已经许了人。
范顿	哎呀，培琪先生，别生气。
培琪太太	好范顿先生，别来找我的孩子了。
培琪	她和你不相配。
范顿	大爷，请听我说好吗？
培琪	不必了，好范顿先生。—— 来吧，夏禄大人。来，斯兰德孩儿，请进。—— 您明知我的心意，这就太过分了，范顿先生。

培琪、夏禄与斯兰德下

奎克莉太太	去向培琪太太说。
范顿	好培琪夫人，我爱您的女儿

是这么真心诚意，所以我必然

不顾一切拦阻、责难、奚落，

一定高举我的爱情旗帜前进，

绝不会退让。请您成全我吧。

安妮　　　　好妈妈，别把我嫁给那边的傻瓜。

培琪太太　　我没那个意思。我要替你找个好丈夫。

奎克莉太太　也就是我的主人，大夫先生。

安妮　　　　唉，我宁可被活埋，

宁可被萝卜给砸死！

培琪太太　　好啦，别自寻苦恼。好范顿少爷，

我不是您的朋友或敌人。

我要问我女儿她对您的感情，

了解她的意思之后，我会顺着她的。

现在先告别了，少爷。她得进去了，

她爸爸会生气的。

范顿　　　　再会，好夫人。——再会，妮妮。　　　　培琪太太与安妮下

奎克莉太太　这就是我帮的忙，嗯。"不行啊，"我说，"您要把自己孩子

丢给一个傻子，一个大夫不成？瞧瞧人家范顿少爷。"这就

是我帮的忙。

范顿　　　　我谢谢你，拜托你今晚找个时间，把这戒指交给我亲爱的

妮妮。这点儿小意思。（把戒指和钱交给她）

奎克莉太太　愿上天赏赐你好运。　　　　　　　　　　　　　　　　范顿下

他的心地真好。一个女人碰上心地这么好的人，就是火里

水里都去得。不过我希望我的主人能娶到安妮小姐；我也

希望斯兰德先生娶到她；再不然，说真的，我也希望范顿

少爷娶到她。我会尽力帮他们三位，因为我都答应过，我

说了就要算数——不过特别要替范顿先生小捞[1]。好啦，我还有个差事，要替我那两位夫人到约翰·福斯塔夫爵士那儿走一趟。我真该死，把这件事耽搁了！　　　　　　　　下

第五场　／　第十二景

福斯塔夫上

福斯塔夫	巴道夫，我叫你呢！

巴道夫上

巴道夫	在，老爷。
福斯塔夫	去给我拿一夸脱的白葡萄酒来，里面放一片吐司。

巴道夫下

我活了这把年纪，竟然用篓子给抬出去，像一车屠宰店废弃的内脏，扔进泰晤士河？好吧，要是我再上一次这种当，我就把脑子挖出来抹上牛油，送给狗吃，算是新年礼物。那两个恶棍随手把我抛进河里，好像淹死瞎眼母狗一整窝十五只崽子似的，眼睛都不眨一下。你瞧我这身材，可以想见我下沉速度之快。要是河底像地狱那么深，我也就下去了。幸好河岸斜，河水浅，否则我早淹死了——这种死法我最怕了，水会让人身体膨胀啊——我要是膨胀了，会成什么东西？我会变成一座肉山。

1　小捞：应为"效劳"。

巴道夫持白葡萄酒上

巴道夫　　奎克莉太太来了，老爷，说是有话跟您说。

福斯塔夫　来。俺先倒点酒中和一下泰晤士河的水。俺肚子冷得像欲
　　　　　　火难耐时把雪球当药丸吞下似的。叫她进来。

巴道夫　　进来，女人。

奎克莉太太上

奎克莉太太　对不起，打扰您了！给老爷您请早安！

福斯塔夫　（对巴道夫）把这些酒杯拿走。去，好好给我热一壶白葡萄
　　　　　　酒来。

巴道夫　　放鸡蛋吗，老爷？

福斯塔夫　只要酒。我的酒里不要鸡的精子。——

　　　　　　什么事儿啊？　　　　　　　　　　　　　　　　巴道夫下

奎克莉太太　啊，老爷，我是受浮德太太之托来见您的。

福斯塔夫　浮德太太？我差点儿浮不起来呢。我给扔进浮游的水里，
　　　　　　一肚子的水可真够我漂浮的。

奎克莉太太　哎呀，这可不是那小可怜的错。她把仆人臭骂了一顿：是
　　　　　　他们误会了她的姿势[1]。

福斯塔夫　我的也是一样，居然把一个蠢女人的话当真。

奎克莉太太　唉，她为了这个痛心极了，老爷，您要是瞧见了，一定会
　　　　　　心软。她的丈夫今天早上要去打鸟。她希望您八点到九点
　　　　　　之间再到她那儿一趟。我得赶紧向她回报。她会补偿您的，
　　　　　　您尽管放心。

福斯塔夫　好，我就去看她吧。照这话回她，也叫她想一想，男人的

1　姿势：应为"指示"。原文里，奎克莉太太把 direction（指示）说成了 erection（勃起），因
　　此才有福斯塔夫接下来说的话。——译者附注

本性是什么。让她仔细想想男人的软弱[1]，然后再说我是多么难能可贵。

奎克莉太太　我会跟她说的。

福斯塔夫　那好。九点到十点之间，是吗？

奎克莉太太　是八点到九点之间，老爷。

福斯塔夫　好，你去吧。我一定去见她。

奎克莉太太　祝福您平安，老爷。　　　　　　　　　　　　　　下

福斯塔夫　奇怪怎么没有布鲁姆先生的消息。他托人叫我在客栈等他。我十分中意他的钱。啊，他来了。

浮德乔装为布鲁姆上

浮德　祝福您，老爷！

福斯塔夫　嗯，布鲁姆先生，您来是要知道我和浮德太太之间搞了些啥名堂。

浮德　的确，约翰爵士，我来就为这件事。

福斯塔夫　布鲁姆先生，我不愿意对您撒谎：在她和我约定的时间，我的确是在她家里。

浮德　您有没有成功呢，老爷？

福斯塔夫　倒霉透了，布鲁姆先生。

浮德　怎么会呢，老爷？是她临时变卦了吗？

福斯塔夫　不是，布鲁姆先生；是她那个贼头贼脑的王八丈夫，时时刻刻担心他老婆红杏出墙，我们正幽会呢，他窜进来了。那时我们都已经拥抱、接吻、你侬我侬一番过了，可算是念完了我们喜剧的开场白。他后面还跟了一群乌合之众，都是因为他大发神经才来的，要在他家里搜查他老婆的

1　软弱（frailty）：指道德上的软弱，无法抗拒诱惑，容易犯罪，但福斯塔夫以此为傲。——译者附注

情夫。

浮德	什么，正当您在那儿的时候？
福斯塔夫	正当我在那儿的时候。
浮德	他要搜您，结果没找到吗？
福斯塔夫	您听我说。总算幸运，来了个培琪太太，通风报信，说浮德要进来了。她灵机一动——那时候浮德的老婆已经吓呆了——她们把我塞进一个洗衣篓子里。
浮德	一个洗衣篓子？
福斯塔夫	对，一个洗衣篓子。把我跟肮脏衬衫和罩袍、短袜、肮脏的长袜、油腻腻的餐巾统统塞进去。布鲁姆先生，那种最恶心的恶臭可是鼻孔从来没有受过的罪啊。
浮德	那您在里面待了多久？
福斯塔夫	唉，我来告诉您，就为了帮这女人下地狱，好让您上天堂，我吃了哪些苦头，布鲁姆先生。我被塞进篓子以后，浮德的两个奴才，他的走狗，被女主人叫了来，只说是脏衣服，把我抬到大茄巷。他们把我扛上肩，碰到他们的主人，那个混账醋坛子，问了一两遍他们篓子里装的是什么。我吓得直发抖，就怕那个发疯的混账要来搜。也是他命中注定要当王八，总算缩了手。后来，他开始搜屋子了，我呢，被当作脏衣服送出去。可是您得听这下文，布鲁姆先生。我前后经历了三次死亡的痛苦。首先，是无法忍受的恐惧，生怕被那带头的烂货醋坛子发现；其次，窝在一个两加仑容器那么大的地方，好比那碧波[1]宝剑弯成一圈，剑尖勾着剑柄，我是脚后跟连着脑袋瓜；然后呢，被闷起来，像是在浓烈的蒸馏器里面，尽是臭得酸腐发酵的油腻衣服。您

1　碧波（Bilbo [Bilbao]）：西班牙城镇，以生产刀剑著名。

想想看，我这种体魄的人，您想想看——碰到了热，就跟牛油一样——一个时时刻刻都在软化熔解的人：没给闷死算是个奇迹呢。那蒸笼热到不行了，我活像一道半熟的油焖荷兰菜肴[1]，这时候被扔进泰晤士河，在那激起的水花里，热得通红，一下子冷却，像马蹄铁。您想想看——咝咝作响地热——您想想看，布鲁姆先生。

浮德 说正经的，老爷，您为我受了这许多罪，我很过意不去。看来我的追求是没有指望的了。您不会再去找她了吧？

福斯塔夫 布鲁姆先生，除非像被扔进泰晤士河一样被扔进埃特纳火山[2]，否则我绝不会如此就放过她。她丈夫今天早上要去打鸟。我已经又收到她传来的信息，约好了八点到九点之间，布鲁姆先生。

浮德 现在已经过了八点了，老爷。

福斯塔夫 是吗？那我得准备去赴约了。您什么时候方便再来我这儿吧，一定让您知道办得如何。最后的结果必定是大功告成，您可以享受她。再会了。您一定会得到她的，布鲁姆先生。

下

浮德 哼！哈！这是幻觉吗？这是做梦吗？我是在睡觉吗？浮德先生，醒醒吧，醒醒，浮德先生！您最体面的外衣上面破了个洞啦，浮德先生。这就是结婚的下场，这就是有衣服有脏衣篓子的下场。好，我要让大家知道我是什么样的人。我现在就去逮住这个色鬼。他在我家里，他逃不掉的，不可能逃得掉。他总不能爬进放铜板的小荷包里吧，也不可能爬进胡椒盒儿里。不过，为了提防那个带引他的魔鬼助

---

1 一般认为荷兰人特别喜好牛油。
2 埃特纳火山（Etna）：位于西西里岛的著名火山。

他一臂之力，什么意想不到的地方我都要搜。虽然这顶绿
帽子我躲不掉，可是我不甘心，我不会乖乖接受。要是我
头上长出角来，就让我应了那句俗话：头长两只角，发疯
如狂牛。　　　　　　　　　　　　　　　　　　　　下

第四幕

第一场 / 第十三景

培琪太太、奎克莉太太与威廉上

培琪太太　你想，他是不是已经在浮德先生家里了？

奎克莉太太　这时候应该是了，不然也快到了。不过他真的对被丢进河里这件事大为光火呢。浮德太太要您马上过去。

培琪太太　我一会儿就去她那儿。我先要把我这小子送去上学。他的老师来了。原来今天不用上课呢。

爱文斯上

怎么，爱文斯大人，今天不用上学呀？

爱文斯　不用，斯兰德先生要求让孩子们放一天假。[1]

奎克莉太太　上帝保佑他的好心！

培琪太太　爱文斯大人，我先生说我这儿子根本不读书。拜托您，考他几个拉丁文法吧。

爱文斯　过来，威廉。抬起头来。来。

培琪太太　好啦，小子，抬起头来。回答你老师的问题，别害怕。

爱文斯　威廉，名词的数有几种啊？

威廉　两种。[2]

奎克莉太太　奇怪，我以为另外还有一个数才对，人家都说，"无三不成礼"啊。

1　学校的访客有此特权。

2　这是正确答案：有单数和复数。——译者附注

爱文斯	您少啰唆！"美丽"怎么说，威廉？
威廉	"铺凯儿"[1]。
奎克莉太太	铺盖儿？比铺盖儿美丽的东西多得是，我敢说。
爱文斯	您是非常愚蠢的奴人[2]。请您闭嘴。*lapis* 是什么，威廉？
威廉	石头。
爱文斯	"石头"是什么？
威廉	石子。
爱文斯	不对，是 *lapis*。请你记在老筋[3]里。
威廉	*lapis*。
爱文斯	这才是乖威廉。什么词可以借给冠词？
威廉	冠词从代名词借过来，有这几种词尾变化。单数、主格： *hic, haec, hoc*。
爱文斯	主格 *hig, hag, hog*，你要听好。所有格是 *huius*。好，直接 受格是什么？
威廉	（结结巴巴）直接受格，*hinc* ——
爱文斯	孩子，请你记好了，直接受格是 *hing, hang, hog*[4]。
奎克莉太太	hang-hog 就是拉丁文的熏猪肉，我告诉您。[5]
爱文斯	您少来搅和，奴人。那夫格[6]呢，威廉？
威廉	哦，——呼格——哦。
爱文斯	记住了，威廉，夫格没有。

---

1 铺凯儿：拉丁文 *pulcher* 的发音。——译者附注
2 奴人：应为"女人"。
3 老筋：应为"脑筋"。
4 正确发音应为 *hunc, hanc, hoc*。
5 爱文斯的发音不准，奎克莉太太听成"挂猪"，便猜想是"熏猪肉"（bacon）。把猪挂起来是
  制作熏猪肉或咸猪肉的必要程序。
6 爱文斯把"呼格"（vocative）念成"夫格"（focative）。

奎克莉太太	煤油可以拿来烧。
爱文斯	奴人，别闹。
培琪太太	闭嘴！
爱文斯	所有格复数怎么说，威廉？
威廉	哦，所有格？
爱文斯	对。
威廉	哦，所有格：*horum, harum, horum*。
奎克莉太太	去她的什么"娥淑有个哥"[1]！我呸！别提她的名字，孩子，假如她是个妓女。
爱文斯	别不害臊了，奴人。
奎克莉太太	您教孩子这些字会教坏孩子的。他教他吸呀喝啊——这些个不用教，他们自己很快就会了；可是教他们胡来——我呸！[2]
爱文斯	奴人，你疯啦？你难道不懂你的格、你的数、你的性吗？没见过你这么愚蠢的基督徒。[3]
培琪太太	（对奎克莉太太）拜托，你闭嘴吧。
爱文斯	现在，威廉，说说代名词的几种词尾变化。
威廉	老实说，我忘了。
爱文斯	是 *qui, quae, quod*。要是你把 *qui, quae, quod* 给忘了，就要打屁股。可以走了，去玩儿吧，走。
培琪太太	没想到他还蛮用功的。

1 奎克莉太太把"哦，所有格"听成"娥淑有个哥"。

2 奎克莉太太把 *hic, haec, horum* 听成 hick（打嗝），hack（嫖妓），whore（妓女），在此只能勉强译成"吸"、"喝"、"胡来"，逊"色"多了。——译者附注

3 爱文斯牧师忍不住怒气，本句中改用轻蔑的"你"（thou）称呼奎克莉太太。——译者附注

爱文斯　　他是一个好记性。[1]再会了，培琪太太。

培琪太太　再见，好爱文斯大人。　　　　　　　　　　　　爱文斯下

　　　　　　你回家去，孩子。走，咱们耽搁太久了。　　　　众人下

第二场　/　第十四景

福斯塔夫与浮德太太上，篓子已放至舞台上

福斯塔夫　浮德太太，您的难过已经吞食了我的痛苦。我看您在爱情
　　　　　　方面十分赤诚，我也声明我会分毫不少地回报，浮德太太，
　　　　　　不只在爱的事上尽心竭力，也在所有仪表、礼节、形式各
　　　　　　方面。不过，您确定您的丈夫现在不在家？

浮德太太　他打鸟去了，亲爱的约翰爵士。

培琪太太　（幕内）喂，嗬，浮德嫂！喂，嗬！

浮德太太　躲进房间里去，约翰爵士。　　　　　　　　　　福斯塔夫下

培琪太太上

培琪太太　怎么，宝贝儿，家里除了你之外还有谁？

浮德太太　咦，没有啊，除了我自己的佣人。

培琪太太　真的吗？

浮德太太　没有，绝对没有。——（对她耳语）讲大声点。

培琪太太　说实话，我很高兴您这里没有旁人。

---

1 "是"应为"有"。爱文斯是威尔士人，英语语法常出错。下文还有许多例子，若非必要，不
　——说明，请读者鉴察。——译者附注

浮德太太	怎么说？
培琪太太	唉，姊妹啊，您丈夫又抓狂了：他跟我丈夫在那边，痛骂天下结了婚的男人，狠狠诅咒所有夏娃的女儿，也不分美丑，还用力捶打自己的额头，大声嚷嚷说："出来啊[1]，出来啊！"我以前见过的任何疯疯癫癫，跟他现在发飙的样子比起来，只能算是温文和善又有礼。还好那个胖骑士不在这儿。
浮德太太	怎么，他提到他了吗？
培琪太太	讲来讲去都是讲他，还发誓说，上回他去搜他，他是被塞进一个篓子抬出去的；对我丈夫宣称他现在就在这儿，硬是拉着他还有他们那一伙儿，不去打鸟，要再一次验证他的疑心呢。不过幸好那个骑士不在这儿。马上他就知道自己有多蠢了。
浮德太太	他离这儿有多远，培琪嫂？
培琪太太	就在附近，在街那头。他很快就到这儿了。
浮德太太	我完了。那骑士在这儿。
培琪太太	哎哟，那您可没脸见人了，他也死定了。竟有您这种女人？把他弄走，把他弄走！丢人现眼也还罢了，总不能闹出人命。
浮德太太	他该从哪儿出去？我该把他藏在哪儿？要再把他放进那篓子里吗？

福斯塔夫上

福斯塔夫	不，我再也不要躲进那篓子里了。趁他还没到，我先离开不行吗？
培琪太太	唉，浮德的三个兄弟拿着手枪紧盯着大门，没有人能通过，

1　出来啊：指他额头上开始长出角来（额头长角意谓戴绿帽子）。

否则您倒可以趁他来之前溜走。但您怎么会在这儿呢？

福斯塔夫　我该怎么办？我来爬进那烟囱里。

浮德太太　他们都习惯在那里放枪射击。钻进大灶里吧。

福斯塔夫　在哪儿啊？

培琪太太　他会到那儿搜的，我敢担保。哪怕是壁橱、钱柜、五斗柜、箱子、水井、地窖，这些地方他全列了一张表，免得忘记，要一一搜查。这屋里是没有您的藏身之处了。

福斯塔夫　那我还是出去吧。

培琪太太　假如您按着本来面目出去，那非死不可，约翰爵士——除非您乔装改扮出去。

浮德太太　咱们要怎么改扮他呢？

培琪太太　哎呀，天哪，我不知道。女人的袍子他都穿不下，要不然他再戴上一顶帽子，披上一条围巾和一条头巾，倒是可以这样逃走。

福斯塔夫　两位好心人，想个办法吧：什么都行，只要能躲过这一劫。

浮德太太　我那女仆的阿姨，就是住在布伦特福德的那个胖女人，有一件袍子在楼上。

培琪太太　对了，那件可以给他穿。她跟他块头一般大——还有她那加了穗子的帽子，还有她的围巾都在。快上楼吧，约翰爵士。

浮德太太　去吧，去吧，好约翰爵士。培琪太太和我再去找些什么布料包您的头。

培琪太太　快，快！我们马上就来帮您打扮。您先去穿上袍子。

　　　　　　　　　　　　　　　　　　　　　　福斯塔夫下

浮德太太　希望我丈夫能撞见他这副打扮。他受不了那个布伦特福德来的老婆子，一口咬定她是个巫婆，不准她进我们家，还恐吓说要痛打她。

培琪太太	但愿老天带领他到你丈夫的棒子那里，之后魔鬼就来指挥那棒子。
浮德太太	不过我丈夫真会来吗?
培琪太太	会啊，他可是非常认真的，还提到那个篓子呢，也不知他哪儿来的情报。
浮德太太	咱们来试一试，我要再派佣人去抬那篓子，到门口碰上他，跟上回一样。
培琪太太	不行，他马上就要到了。咱们去把他打扮成布伦特福德的女巫吧。
浮德太太	我先去关照佣人怎么处理那篓子。你上楼，我马上拿些布料给他。 下
培琪太太	吊死他，这个色狼! 叫他吃再多苦头都嫌不够。
	咱们这个方法，可以用来证明，
	老婆寻欢作乐，依然玉洁冰清。
	爱玩爱闹的，不做那无耻的勾当，
	俗话说得好: 贪嘴的总闷声不响。 下

浮德太太与约翰及罗伯特上

浮德太太	去吧，两位，再把那篓子扛上肩膀。你们的主人就在门口。要是他叫你们把篓子放下，你们就听他的。快，走吧。 下
约翰	来，来，抬起来。
罗伯特	老天保佑，里面不要又塞满了骑士才好。
约翰	但愿不会，我情愿抬一篓子铅块。(约翰与罗伯特抬起篓子)

浮德、培琪、夏禄、凯兹与爱文斯上

浮德	是没错，可要真有这种事，培琪兄，您能怎么替我洗刷蠢男人的臭名呢? ——把篓子放下，混账。(约翰与罗伯特放下篓子)
	你们谁去喊我老婆来。篓子里的花花大少! 啊，你们两个

龟奴，结成了一群，一帮，一伙，阴谋对付我。现在可要真相大白了。喂，老婆，我在叫您呢！[1] 来，过来。来看看您要送去漂白的是什么贞洁的衣裳。

培琪 喂，这太过分了，浮德兄。不能任凭您这样胡闹下去，非把您捆住不行。

爱文斯 喂，这是疯狂，这是像疯狗一样疯狂！

夏禄 真的，浮德先生，这样真的不好。

浮德 我也是这么说，大爷。

浮德太太上

过来这里，浮德太太——诚实忠贞的浮德太太，稳重端庄的妻子，品德高尚的人物，不幸嫁了个爱吃醋的傻子。我的怀疑没有原因，是吧，太太？

浮德太太 上天替我做证，您没有理由，假如您怀疑我有任何越轨的行为。

浮德 话说得漂亮，厚脸皮，再赖下去吧！给我出来，小子！（把篓子里的衣服扔出来）

培琪 这太过分了。

浮德太太 您不害臊吗？别去动那些衣服。

浮德 我马上就会抄到您了。

爱文斯 真是岂有此理。您是要撩起您夫人的衣服吗[2]？走吧。

浮德 （对约翰与罗伯特）把篓子里的都清出来，我说！

培琪 干吗呀，老兄，干吗呀？

浮德 培琪兄，我不骗您，昨天有一个人就是藏在这篓子里给抬

---

1 他先前叫人去喊他老婆，但显然没有人理会，现在只好自己喊。——译者附注
2 爱文斯的意思是："翻出您夫人的脏衣服"，但他的说法听来像是"掀起您夫人的衣服"——做爱之前的动作。——译者附注

	出我家门的。怎么知道他不会又藏在里头呢？我确信他一定在我家里。我的情报正确，我的怀疑有理。（对约翰与罗伯特）把所有的衣服都掏出来。
浮德太太	您要是在里面找到一个人，就把他当作跳蚤捏死吧。（约翰与罗伯特倒空篓子）
培琪	里面没有人。
夏禄	我说真话，这样子不好，浮德先生。这是对不起您自己。
爱文斯	浮德先生，您必须祷告，不要停心[1]自己的胡思乱想。这是醋坛子。
浮德	哼，他不在我找的这里。
培琪	对，也不在其他任何地方，只在您的脑子里。
浮德	帮我搜我家，就这一次。假如我找不到我要找的，今后不必遮掩我这莫名其妙的荒唐行为，就让我一辈子当大家饭桌上的笑柄。让人家说："疑心病重得像浮德，那个要在胡桃壳儿里搜他太太姘头的人。"再依我一次，再跟我去搜一次。（约翰与罗伯特把衣服放回篓子，两人抬着下）
浮德太太	喂，嗬，培琪嫂，您和老太太下来吧。我丈夫要进房间里了。
浮德	老太太？是什么老太太啊？
浮德太太	哦，是我女仆的姨妈，住在布伦特福德的。
浮德	是那巫婆，无耻女人，一个骗财的无耻老婆子！我没说过不准她进我家门吗？她来是有目的的，对不对？咱们是一般老百姓，咱们不懂假借算命的名义搞的是啥名堂。她写符，她念咒，她画星座图，等等，这些个把戏，咱们不懂。咱们一窍不通。下来，你这巫婆，你这丑老太婆，你！下来，我叫你！（拿起棒子）

1　停心：应为"听信"。

| 浮德太太 | 别这样，我的好先生。——各位好大爷，别让他打那个老太太。 |

培琪太太领着穿女人衣服的福斯塔夫上

| 培琪太太 | 来，普拉特婆婆，来，让我牵着您的手。 |
| 浮德 | 我来给她一顿泼辣打。（棒打福斯塔夫）滚出我的家门，你这巫婆，你这丑老太婆，你这烂货，你这臭鼬，你这长癣疮的臭婆娘！出去，出去！我来替你招魂，我来帮你算命。 |

福斯塔夫下

培琪太太	您不害臊吗？我看您都把那可怜的女人活活打死了。
浮德太太	是啊，他就是要这样。您这下可有面子喽。
浮德	去死，巫婆！
爱文斯	不论怎么说，我看这奴人的确是个巫婆。我不喜欢奴人留长长的夫子 ¹。我注意到他头巾下面有一大把夫子。
浮德	跟我来好吗，爷们？我求你们啦，跟我来，只要来看看我吃这醋的结果如何。假若我是信口开河，今后我再开口就别理我。
培琪	咱们再顺着他一次吧。来，爷们。

浮德、培琪、夏禄、凯兹与爱文斯下

培琪太太	真的，他把他打得好可怜啊。
浮德太太	才怪呢，他才没有。我看哪，他是毫不可怜地痛打了他一顿。
培琪太太	我要把这根棒子供奉起来，挂在祭坛上。它可是立了大功呢。
浮德太太	您觉得如何？——只要守得住妇道，对得起良心，咱们可不可以再来捉弄他一次，多消一点怨气？
培琪太太	他那颗色胆一定已经吓破了。除非是魔鬼跟他签订了毫无限制的卖身契，永远不得反悔，不然哪，我想，他是绝对

---

1 夫子：应为"胡子"。

不会再来招惹我们，毁损我们的名节了。

浮德太太　咱们要不要告诉丈夫，咱们是怎么伺候[1]他的？

培琪太太　好，一定要——即便只是把你丈夫的幻想刮干净也应该。要是他们也认为那个可怜无耻的胖骑士活该多吃些苦头，咱俩就再来负责执行。

浮德太太　我保证他们一定会叫他当众出丑；我想若不叫他当众出丑，这场闹剧收不了场。

培琪太太　来，打铁要趁热。我不要让这事冷却下来。　　　　　　同下

第三场　/　第十五景

店主与巴道夫上

巴道夫　老板，那几个日耳曼人想要您的三匹马。公爵本人明天会到宫里，他们要去迎接他。

店主　是哪个公爵会来得这么不声不响？我在宫里没听过这个人。让我和这几位绅士谈一谈。他们会说英语吗？

巴道夫　会的，老板。我去请他们到您这儿来。

店主　要我的马可以，但是我要他们拿钱来买，我要敲他们一笔。他们已经在我店里住了一星期。我把其他客人都回绝了。他们一定得付钱，我要敲他们一笔。走。　　　　　　同下

1　伺候（serve）是双关语，有两个意思：（1）对待；（2）提供性服务。

第四场 / 第十六景

培琪、浮德、培琪太太、浮德太太与爱文斯上

爱文斯 难得见到这么明智的奴人。

培琪 他真的同时把这两封信送到你们手里？

培琪太太 相差不到一刻钟。

浮德 原谅我，老婆。今后你想做的就去做。

我宁可相信太阳是冷的，

也不相信你淫荡。你的贞洁

在原先是异教徒的我心里，

牢固有如信仰。

培琪 好啦，好啦，够了。

卑躬屈膝和作威作福都是过犹不及。

咱们还是依计而行，让咱们的老婆

安排一场公开的戏，再一次

和那个胖老头儿约个会，

让咱们逮住他，羞辱他一番。

浮德 最妙的就是她们提到的办法。

培琪 怎么？通知他，说是她们要在午夜跟他约在公园见面？算了吧，算了，他不会来的。

爱文斯 你们说他被丢到河里过，又被当成老奴人痛打过一顿。我想他胆子应该杀破 [1] 了，他不会来的。我想他的皮肉已经受到惩罚，不会有什么邪念了。

---

1 杀破：应为"吓破"。

培琪	我也是这么想。
浮德太太	你们只要设法对付他就行了,
	我们俩来设法把他弄过去。
培琪太太	有这么个古老传说:猎人赫恩,
	他以前做过这温莎林苑的看守人,
	一整个冬天,到了静悄悄的半夜,
	会绕着一棵橡树打转,头上顶着锐利的角,
	又是把树弄枯萎,又是在牲畜身上放蛊,
	又是叫乳牛挤出血来,又是摇着铁链,
	模样儿丑陋极了,真会吓死人。
	你们听说过这个鬼魂,也很清楚
	那些没脑筋的迷信的老一辈
	听信这些传说,代代相传到现在,
	把猎人赫恩的故事当成真的一样。
培琪	是啊,现在还有不少人害怕
	深夜里经过这棵赫恩橡树呢。
	但干吗提这个呢?
浮德太太	对了,这就是我们的妙计:
	叫福斯塔夫到那棵橡树旁跟我们会面。
培琪	好,就算他一定会去,而且是
	那副打扮。你们把他弄到那里之后,
	要怎么处置他?你们有什么计划?
培琪太太	这个我们也想过了,就是这样:
	我的女儿妮妮,跟我的小儿子,
	加上三四个跟他们一般大小的,
	打扮成绿的白的精灵、仙女、怪物,
	个个头上顶着一圈蜡烛,

手里拿着拨浪鼓。他们只等
福斯塔夫跟她和我一碰面，
就突然从树坑里同时冲上来，
唱些莫名其妙的歌。一见这光景，
我们俩大惊失色，马上逃走，
让他们全体把他包围起来，
像小精灵般去掐那醒酲的骑士，
问他为什么，在精灵游乐的时刻，
竟敢这一身亵渎的打扮，踏进
他们的神圣之地。

浮德太太　而且除非他从实招来，否则
　　　　就让这些个假精灵尽管掐他，
　　　　还要用蜡烛去烧他。

培琪太太　等他说了实话，
　　　　我们一起现身，拔下这鬼家伙的犄角，
　　　　一路嘲笑，送他回温莎的家。

浮德　　这些孩子
　　　　得好好练习，不然成不了事。

爱文斯　我来教这些孩子该怎么做，我自己也要打扮成一个猢狲，
　　　　拿我的蜡烛去烧这骑士。

浮德　　那就太好了。我来给他们买面罩。

培琪太太　我的妮妮要当众精灵的仙后，
　　　　穿一身漂亮的白袍。

培琪　　那丝绸我去买。——（旁白）到那时，
　　　　就让斯兰德先生偷走我的妮妮，

到伊顿跟她结婚[1]。——（对培琪太太与浮德太太）去吧，马
上派人去联络福斯塔夫。

浮德　　　不，我要再以布鲁姆的身份去找他。
他会对我毫无保留。没问题，他会去的。

培琪太太　不用您担心。——（对培琪、浮德与爱文斯）去准备
我们精灵要用的道具和装饰吧。

爱文斯　　咱们着手吧。这可是绝妙的乐事，灰常[2]正当的无赖行为。

　　　　　　　　　　　　　　　　　　　　　　培琪、浮德与爱文斯下

培琪太太　走吧，浮德嫂，
快差人去福斯塔夫那里，看他怎么说。　　　　浮德太太下
我去找大夫。他是我看中的，
除了他，谁也别想娶我家妮妮。
那个斯兰德，虽然土地多，却是个
白痴，但他是我丈夫最喜欢的。
大夫很有钱，而且他的朋友在宫里
有权有势。他，只有他，能当我女婿，
哪怕有两万个地位更高的想要娶妮妮。[3]　　　　下

1　伊顿（Eton）：温莎对岸的村子。
2　灰常：应为"非常"。
3　原文两行押韵的下场对句强调了培琪太太的决心。——译者附注

第五场　/　第十七景

店主与辛普上

店主　　　你来干吗，乡巴佬？怎么了，傻瓜？说话呀，吭气呀，宣
　　　　　布啊——快，短，急，速！

辛普　　　说真的，大爷，我是斯兰德先生差来的，要跟约翰·福斯
　　　　　塔夫爵士说句话。

店主　　　那儿就是他的房间，他的家屋，他的城堡，他的主卧床和
　　　　　小矮床[1]。上面有浪子回头的故事，[2] 才刚新漆的。去，敲门
　　　　　喊他。他会像个"俺说破法尽黏人"[3] 跟你说话。敲门哪，
　　　　　我说。

辛普　　　有个老太婆，一个胖女人，上楼进他房间。大爷，请让我
　　　　　在这儿等她下来吧。我其实是来跟她说话的。

店主　　　啊？一个胖女人？骑士可能会被洗劫喽，我来喊喊看。
　　　　　——骑士老兄，约翰爵士老兄！用你那阿兵哥大嗓门儿说
　　　　　话呀。你在里面吗？是你的店主，你的酒肉朋友，在喊你。

福斯塔夫　（自高台或幕内）怎么啦，我的店老板？

店主　　　这儿来了个蛮子，要等你那胖婆子下来呢。让她下来，老
　　　　　兄，让她下来。我的房间可是正派干净的。呸！还藏娇
　　　　　呢？我呸！

1　小矮床（truckle-bed）：较小的床，装有小脚轮，可以收进主卧床（standing-bed）底下。

2　在屋里挂上有图的画布或直接将图绘在墙壁上作为装饰。浪子回头的故事典出《圣经·新约》
　　中的《路加福音》（第15章），在当时很受欢迎。——译者附注

3　"俺说破法尽黏人"：原文 Anthropophaginian 的音译；本义是"食人族"。店主可能是故意
　　卖弄文字或耍弄辛普。

福斯塔夫上

福斯塔夫　的确，我的老板，有个老肥婆刚刚还跟我在一块儿，但她已经走了。

辛普　请问，老爷，不就是那个布伦特福德的神算女人吗？

福斯塔夫　是啊，淡菜壳儿，就是她。您找她有何贵干？

辛普　我的主人，老爷，我的主人斯兰德少爷，看见她打街上走过，就派我来请教，老爷，那个叫作尼姆的，老爷，那个骗了他一条金链子的，看那金链子还在他手上不在。

福斯塔夫　我跟那老婆子谈过这件事。

辛普　那她怎么说呢，请问老爷？

福斯塔夫　妈的，她说那个偷了斯兰德先生链子的同一个人，从他那里把链子骗走了。

辛普　我希望可以和那个女人当面说话。我还有别的事要向她讨教——是替少爷问。

福斯塔夫　是些什么事儿，让咱们听听。

店主　对啊，说吧。快。

辛普　我不能保守秘密 [1]，老爷。

店主　保守秘密，不然就要你的命。

辛普　啊，老爷，也不过就是关于安妮·培琪小姐的事，看看我家主人有没有这个命可以娶到她。

福斯塔夫　有，他有这个命。

辛普　什么，老爷？

福斯塔夫　不是能娶到，就是娶不到。走吧，就说是那女人告诉我的。

辛普　我可以这么说吗，老爷？

福斯塔夫　可以，先生，当然可以。

1　保守秘密：是"泄露秘密"之误。店主在下一行沿用辛普的错误用词。

辛普	谢谢大老爷。我家主人听了这些消息一定会非常高兴的。<div style="text-align:right">下</div>
店主	你可真有学问啊，真有学问，约翰爵士。刚才真有个神算女人跟你在一块儿吗？
福斯塔夫	有，真的有，我的店主，我得到的教诲，胜过这辈子所学的。而且我一毛钱都没付，只是用别的方式[1]抵了学费。

巴道夫上

巴道夫	哎呀，完了，老板。诈骗，根本就是诈骗！
店主	我那几匹马在哪儿？好好讲，没用的东西。
巴道夫	跟那几个骗子跑啦。我一过了伊顿村，他们就把我从后面拽下去，[2]摔进一个泥塘里，然后快马加鞭走了，活像三个日耳曼魔鬼，三个浮士德博士[3]。
店主	他们只是去迎接公爵，混蛋。别说他们逃走了。日耳曼人都是循规蹈矩的。

爱文斯上

爱文斯	我的店主在哪里？
店主	什么事儿啊，大人？
爱文斯	您接待客人要小心点。我有个朋友进城，告诉我有三个日耳曼骗子，把雷丁斯、梅登黑德、科尔布鲁克各镇上每一家客栈老板的马和钱都给骗了。我出于好意告诉您，您可要晓得哦。您是聪明人，喜欢开玩笑，左弄[4]人，要是您上当了，怕不太方便吧。再会了。<div style="text-align:right">下</div>

---

1 别的方式：指他挨了一顿痛打。（但是店主不会明白他在含糊其词。）——译者附注
2 显然巴道夫是坐在三个日耳曼人之一的后座（以便他们迎接了公爵，把马交还时，他可以骑回来）。——译者附注
3 浮士德博士：马洛名剧《浮士德博士》的主角，把灵魂卖给魔鬼。
4 左弄：应为"捉弄"。

凯兹上

凯兹　　俺的假的[1]店主在那里?

店主　　在这儿,大夫先生,正心慌意乱,不知所措呢。

凯兹　　我搞不清楚是怎么回事。不过有人告诉我,唆使[2]您要盛大
　　　　　欢迎一个雅曼尼[3]公爵。老实说吧,宫廷里没听说有傻[4]公爵
　　　　　要来。我告诉您是好意思。再会。　　　　　　　　　　　下

店主　　(对巴道夫)快喊抓人哪,奴才,快去!——(对福斯塔夫)
　　　　　快来帮我,骑士,我完啦!——(对巴道夫)**快跑,飞快
　　　　　跑,喊抓人哪,奴才! 我完啦!**　　　　　店主与巴道夫下

福斯塔夫　我巴不得全天下人都上当才好,因为我上了当,还挨了一
　　　　　顿打。这件事若传到宫廷去,说我是如何变身,变了身之
　　　　　后又如何被水洗被棒打,那他们不把我的肥油一滴一滴融
　　　　　化了,拿来擦渔夫的靴子才怪。我保证他们会用尖酸刻薄
　　　　　的俏皮话来挖苦我,不弄得我灰头土脸像一粒干瘪的梨子
　　　　　不会罢休。自从上回赌牌作弊发假誓之后,我就没有好运
　　　　　过。唉,要是我活得够久,我总会忏悔的。

奎克莉太太上

　　　　　哟,您打从哪儿来的呀?

奎克莉太太　是从那两位那里,老实说。

福斯塔夫　让魔鬼抓走一个,魔鬼他娘抓走另一个吧,这样把两个都
　　　　　安顿好了。我为她们受的罪,岂是一般花心男人所能忍
　　　　　受的。

1　假的:应为"嘉德"。

2　唆使:应为"说是"。

3　雅曼尼:即日耳曼(这是凯兹的法国腔发音)。

4　傻:应为"啥"。

奎克莉太太	难道她们就不痛苦吗？当然喽，我告诉您，特别是那儿子之一[1]。可怜那宝贝浮德太太，被打得青一块紫一块，浑身上下看不见一点儿白肉。
福斯塔夫	你还跟我讲什么青一块紫一块？我被打得彩虹般七彩斑斓，还差点儿被当成布伦特福德的女巫给抓起来。亏得我机智过人，把巫婆装得有模有样，救了自己一命，不然早被那流氓警官当成女巫，上了脚枷啦，那不入流的脚枷。
奎克莉太太	老爷，只要让我到您房里说话，您就知道是怎么回事儿，而且，我保证，会让您满意。这儿有一封信，多少有些解释——可怜人哪，要把你们凑在一块儿可真不容易呢！我敢说，你们当中一定有一个得罪了老天，你们的好事才会这么多磨。
福斯塔夫	上楼到我屋里去吧。 　　　　　　　　　　　　　　　　同下

第六场　　/　　景同前

范顿与店主上

店主	范顿少爷，别跟我说了。我心头沉重，什么都不管了。
范顿	还请听我说。帮我这个忙， 我是个绅士，保证会给你 一百镑金币，外加弥补您的损失。

1　儿子之一：应为"二者之一"。

店主　　我听您的，范顿少爷；至少，我会替您保密。

范顿　　时不时我就对您说起过

　　　　　我深爱美丽的安妮·培琪，

　　　　　而她对我爱意的回应——

　　　　　若是她可以自己选择 [1] 的话——

　　　　　也正如我所愿。我接到她一封信，

　　　　　信的内容您一定料想不到；

　　　　　其中的趣事和我的计划有密切关联，

　　　　　只要讲到其中之一，就非得

　　　　　两样都讲。那胖子福斯塔夫要演

　　　　　重要角色。这玩笑是怎么回事儿

　　　　　我在这儿全告诉您。听好了，我的好店主：

　　　　　今晚在赫恩橡树那儿，十二点到一点之间，

　　　　　我可爱的妮妮要扮演仙后——

　　　　　目的写在这儿——她以这样的打扮，

　　　　　正当别的把戏玩得不亦乐乎，

　　　　　她父亲命令她这时候悄悄地

　　　　　跟斯兰德溜走，跟他到伊顿，

　　　　　立刻结婚。她答应了。可是呢，大人，

　　　　　她母亲——向来是强烈反对这门亲事，

　　　　　坚决支持凯兹大夫的——已经约好，

　　　　　同样要他趁着大家全心全意

　　　　　玩别的游戏时，把她偷偷带走，

　　　　　到教区牧师住家随即娶了她，

　　　　　有个牧师在等着呢。对她母亲这条计策，

1　指选择丈夫这件事。——译者附注

　　　　她表面上顺服，也同样
　　　　答应了大夫。好了，事情成了这样：
　　　　她父亲要她穿一身白色，
　　　　以这样的穿着，当斯兰德看准
　　　　时机，拉住她的手，叫她走，
　　　　她就得跟他去。她母亲呢，
　　　　为了方便大夫认出她来——
　　　　因为大家都戴着面罩和面具——
　　　　吩咐她穿宽松的翠绿袍子，
　　　　头上系着彩带，随风飘动；
　　　　等到大夫看到机会成熟，
　　　　就捏她的手，有了这个暗号，
　　　　姑娘已经答应会跟他走。

店主　　她打算欺骗哪一个呢，是爹还是娘？

范顿　　两个都骗，我的好店主，以便跟我走。
　　　　关键在这里：请您找个牧师，
　　　　到教堂等我，十二点到一点之间，
　　　　以合法的婚姻之名，替我们
　　　　举行婚礼，永结同心。

店主　　好，去安排您的计划。我来找教士。
　　　　您把姑娘带来，不愁没有牧师。

范顿　　那我就永远欠你这份情，
　　　　而且，我立刻就奉上酬劳。　　　　　　　　同下

第五幕

第一场 / 景同前

福斯塔夫与奎克莉太太上

福斯塔夫　　拜托，别再啰唆了。走吧，我说话算数。这是第三次了。
　　　　　　　我希望好运发生在单数。快去，走。据说单数具有神圣力
　　　　　　　量，无论出生、机会还是死亡。[1] 快去。

奎克莉太太　我会替您准备一条链子，也会设法弄一对鹿角给您。

福斯塔夫　　快走，我说。时候不早了。抬起头来，快走吧。

奎克莉太太下

浮德乔装为布鲁姆上

　　　　　　　怎么了，布鲁姆先生？布鲁姆先生，那件事成不成就看今
　　　　　　　天晚上了。您大约午夜时分到公园，赫恩橡树附近，一定
　　　　　　　看得到好戏。

浮德　　　　昨天您没有上她那儿去吗，老爷？您告诉我您有约的呀。

福斯塔夫　　我去找她的时候，布鲁姆先生，就如您现在所见，像个
　　　　　　　可怜的老头子，可是我从她那儿回来的时候，布鲁姆先
　　　　　　　生，却像个可怜的老太婆。就是那个可恶的浮德，她的丈
　　　　　　　夫，心里有个疯狂的吃醋恶魔，布鲁姆先生，老是叫他发
　　　　　　　疯。不瞒您说，他把我痛打了一顿，因为我扮成女人模样；
　　　　　　　要是以我男人本色，布鲁姆先生，连那手持织布机轴的歌

1　意思是：这些事情发生在单数日子比较幸运。——译者附注

利亚¹我都不怕，因为我也知道生命如织布机的梭子²。我赶时间。跟我一块儿走吧，我一五一十告诉您，布鲁姆先生。自从我拔鹅毛、逃学、打陀螺以来，这是第一次尝到挨打的滋味。跟我来，我要跟您讲讲这个混账浮德的怪事。今天晚上我要去报复，我会把他老婆交到您手里。有意想不到的事情要发生，布鲁姆先生。跟我来。　　　　同下

第二场 / 第十八景

培琪、夏禄与斯兰德上

培琪　　来，来。咱们就躲在这城堡的壕沟里，直等到看见咱们小仙子的火光。要记得，斯兰德贤婿，我女儿——

斯兰德　是，坦白说，我已经跟她说过，我们讲好用一个暗号相认：我去找穿白衣的她，喊一声"保持"，她就喊一声"安静"，³这样我们就知道是对方了。

夏禄　　那也不错。但干吗要你说"保持"，她说"安静"？凭那白衣服就足以认出是她了。已经敲过十点钟了。

培琪　　夜很黑，很适合火光和精灵。但愿上天保佑咱们这场游

1　歌利亚（Goliath）是《圣经》中的人物，他的"枪杆粗如织布的机轴……"（《圣经·旧约》中《撒母耳记上》17：7）。——译者附注
2　引自《圣经·旧约》中《约伯记》7：6："我的日子比梭更快……"——译者附注
3　"保持"：原文 mum；"安静"：原文 budget。这是把 mumbudget（意为"保持安静"）一词拆成两半。

戏！没有哪一个人心怀恶意，除了那魔鬼；咱们看他头上的角就可以认出他来。咱们走吧。跟我来。 众人下

第三场 / 景同前

培琪太太、浮德太太与凯兹上

培琪太太 大夫先生，我女儿穿的是绿色。到时您瞅准时机，就拉她的手，带她到教区牧师的住处，快快把事情办了。您先进公园。我们俩得一块儿走。

凯兹 俺知道该怎么办。再会。

培琪太太 再会了，大人。 凯兹下
我丈夫对狠狠捉弄福斯塔夫这件事虽然开心，可是让这大夫娶了我女儿，他会更加火大。不过没关系，宁可挨一顿小小的骂，不要大大的心碎。

浮德太太 妮妮这时候在哪儿，还有她那群精灵呢？还有那威尔士妖怪爱文斯呢？

培琪太太 他们全都躲在赫恩橡树旁的一个坑洞里，拿着遮盖住的烛火，一等福斯塔夫和咱们见了面，就会马上在夜里亮出来。

浮德太太 那肯定会吓坏他。

培琪太太 如果他没被吓坏，也会被嘲弄。要是他吓坏了，更成了大笑话[1]。

---

1 大笑话：原文 every way be mocked。这里 mocked 意思包括"嘲弄"以及"上当，被骗"。
　　——译者附注

浮德太太　　咱们要好好骗骗他。

培琪太太　　对付这种色狼和他们的淫行，
　　　　　　虚情假意算不得欺诈背信。

浮德太太　　时间快到了。快去橡树那里，去橡树那里！　　　　同下

第四场　/　景同前

乔装的爱文斯与其他装扮起来的精灵上

爱文斯　　　快走，快走，精灵们。来，要记住你们的台词。请大家放
　　　　　　担子[1]。跟着我到土坑里，听到我发出暗号，就照我吩咐的
　　　　　　做。来，来，快走，快走。　　　　　　　　　　　众人下

第五场　/　景同前

福斯塔夫装扮为猎人赫恩上

福斯塔夫　　温莎的钟已经敲了十二响，约好的时间快到了。现在，淫
　　　　　　荡的天神哪，帮助我吧！要记得，乔武，为了欧罗巴你变

1　放担子：应为"放胆子"。

成了一头牛。[1] 爱情为你戴上犄角。[2] 强而有力的爱情啊，有时候把畜生变为人，有时候又把人变为畜生。[3] 朱庇特，您也曾为了爱勒达而化身一只天鹅。[4] 万能的爱情啊，几乎把神明变成了呆头鹅。您先是以走兽形象犯罪。乔武啊，那是兽行之罪！后来则以飞禽的样子犯罪。想想看，乔武，那是禽兽之罪！若天神都有熊熊欲火，可怜的人类该当如何？至于我，我乃是温莎这儿的一头雄鹿，而且，我想，还是这森林里最肥胖的。让我有个清凉的交配季节吧，乔武，否则谁能怪我排泄脂肪[5]呢？是谁来了？我的母鹿？

浮德太太与培琪太太上

浮德太太　约翰爵士？你在这儿吗，我的鹿鹿[6]？我的雄鹿？

福斯塔夫　我的黑尾巴母鹿！愿老天降的雨是甜薯，打的雷是《绿袖子》的旋律，落的冰雹是芳香接吻糖，下的雪是糖腌的海滨刺芹甜根。[7]让春情如暴风雨般来临吧，我要藏身在这里。

　　（拥抱浮德太太）

浮德太太　培琪太太和我一起呢，亲爱的鹿鹿[8]。

1　乔武（Jove）是罗马神话中的众神之王，曾化身为白色公牛，劫走腓尼基公主欧罗巴（Europa），载她于背上，泅往克里特岛（Crete）。

2　以加强性能力。——译者附注

3　使笨人变聪明；使聪明人变笨。——译者附注

4　朱庇特（Jupiter）即乔武，曾化身天鹅诱奸斯巴达王后勒达（Leda）。

5　一般认为雄鹿在交配期排尿较频繁，而交配期过后，会因为之前消耗能量而变瘦，乃有（通过排尿）"排泄脂肪"之说。

6　我的鹿鹿：原文 my deer，音同 my dear，一语双关。——译者附注

7　甜薯：当时人认为有催情作用。《绿袖子》是当时一首流行的情歌。芳香接吻糖（kissing-comfits）：有助口气清香。糖腌的海滨刺芹甜根（eryngoes）：据说有催情作用。

8　亲爱的鹿鹿：原文 sweetheart，音如 sweet hart（hart：雄鹿），一语双关。

福斯塔夫	把我一分为二吧，像那偷猎来的鹿[1]，一人取一边臀部。我的前胸后背要自己留着，我的肩膀肉送给林苑看守人，我的鹿角赠送给你们的丈夫。[2] 我是个打野食的[3]吗，哈？我说起话来可像猎人赫恩？哼，这回丘比特算是个有良心的孩子：他补偿我了。我这个忠实的鬼魂[4]，欢迎两位。（幕内号角声）
培琪太太	哎呀，什么声音哪？
浮德太太	老天饶恕我们的罪孽！
福斯塔夫	这是怎么回事儿？
浮德太太和培琪太太	快逃，快逃！（两人逃跑）
福斯塔夫	我想是魔鬼不愿让我下地狱，免得我这一身肥油把地狱给烧毁了。[5] 否则他绝不会这样阻挠我。

爱文斯，假扮如前；毕斯托尔扮恶作剧小妖；奎克莉太太、安妮等，扮作众仙子持蜡烛上

奎克莉太太	黑色灰色绿色白色众精灵， 月下狂欢夜间出没的妖精， 你们掌控命运，虽然无父无母； 请注意你们的职责和任务。 传令的小妖，教众仙子认真听。
毕斯托尔	轻巧的精灵们，听候点名。安静！ 蟋蟀，你跳到温莎各烟囱瞧一瞧， 发现炉里没留余火，地面没打扫，

---

1 偷猎来的鹿要迅速处理掉，免留痕迹。

2 叫他们戴绿帽。——译者附注

3 打野食的：原文 woodman，即 hunter（猎人），也有"玩弄女性者"（womanizer）之义。

4 福斯塔夫扮作猎人赫恩。——译者附注

5 这是幽默说法——传统基督教信仰观念中，地狱本来就有永火。——译者附注

就把那女仆掐得紫青，蓝莓一般；

亮丽的仙后痛恨邋遢与懒散。

福斯塔夫 （旁白）这些是精灵，跟他们说话准没命。

他们不许人偷瞧，我快躺下闭眼睛。（面朝下躺下）

爱文斯 小珠珠在哪儿？你快去，要是

有哪个姑娘睡前祷告三次，

就唤起她的想象力，好梦连连，

像婴儿般无忧无虑，睡得香甜。

但若是入睡前不先悔罪，

就掐她臂膀两腰脚胫及肩背。

奎克莉太太 动作快，动作快。

搜查温莎城堡里里外外。

各个圣洁的房间散播好运，

让它立稳，直到大审判[1]来临，

屋况精良，恰如它的尊贵，

城堡与主人的身份两相匹配。

每一张嘉德骑士的座椅

都用香精和珍贵鲜花洗涤。

爵士的座位、纹章、头盔装饰，

都要永远挂上圣洁的旗帜。[2]

草场精灵，你们要在夜里歌唱，

围成圈圈，像嘉德饰带[3]一样。

---

1 大审判：根据基督教，上帝亲临审判世人之日。

2 头盔挂在各骑士位置的墙上，旌旗悬于其上。

3 嘉德勋章是英国位阶最高的勋章，赐赠饰带（**garter**，本义为"吊袜带"）在膝盖以下绑住袜子。

所踩之地，必须碧绿青翠，

比所有的草场更肥沃鲜美。

而"思有邪则耻"[1]的字样

则以碧草、蓝白紫花朵写上，

好比青玉、珍珠、刺绣如锦霞，

紧系于英俊骑士的膝下。

精灵书写，用的是美丽鲜花。[2]

快走，分头去。但是一点钟以前，

咱们照例要在赫恩橡树这边

绕着树跳舞，这可不能忘记。

爱文斯 　请各位，手牵着手，自己排整齐。

二十只萤火虫当灯笼带路，

让我们环绕大树翩翩起舞。

慢着，我闻到有凡人的气味。

福斯塔夫 　（旁白）老天保佑我，别让那威尔士精灵看见，免得他把我变成一块奶酪！[3]

毕斯托尔 　（对福斯塔夫）卑鄙的可怜虫，天生的倒霉鬼。[4]

奎克莉太太 　且用火来烧他的指尖就知道。

要是他纯洁，火焰会向后倒，

他也不痛。他若是突然向里收，

那就是心肠邪恶者的一块肉。

毕斯托尔 　试试看，来。

1　原文是法文 *Honi soit qui mal y pense*，翻成英文即 Shamed be he who thinks evil (of it)。

2　不同于前后的双行韵，以上三行同押一个韵，表示工作分配完毕。——译者附注

3　一般认为威尔士人嗜食奶酪。

4　毕斯托尔这一行与前面爱文斯的最后一行押韵（中间跳过福斯塔夫的旁白）。——译者附注

爱文斯	来,这木头[1]会不会着火?(众精灵用烛火烧他)
福斯塔夫	哎哟,哎哟,哎哟!
奎克莉太太	邪恶,邪恶,欲念走火入魔。
	围住他,精灵们,唱支歌儿取笑他,
	边跳边顺着节拍不停地掐。
众精灵	(唱歌)

去你的罪恶幻想,

去你的淫荡欲望!

淫荡是血液里的火,

被肮脏的欲念烧灼,

在心头喂养,火焰高升,

因意念鼓吹,越烧越猛。

精灵们,大家一起来掐他,

他的恶劣行为该受罚。

捏他烧他,转得他认不清方向,

直到烛火星辰月娘无亮光。

(他们边唱边掐福斯塔夫。凯兹从一头上,悄悄带走一个穿绿衣的男孩;斯兰德从另一头上,带走一个穿白衣的男孩;范顿上,偷偷带走安妮。幕内传来猎枪声。众精灵逃走。福斯塔夫取下鹿头,站起来)

培琪、浮德、培琪太太与浮德太太上

培琪	不行,别逃,这下我们可逮着您了。
	只有猎人赫恩能帮您的忙吗?
培琪太太	好啦,拜托,玩笑到此为止。
	现在,好约翰爵爷,您觉得温莎的女人如何?

---

1 木头:指福斯塔夫的手指。

（指着犄角）您看见了吗，夫君？这对漂亮的鹿角

留在森林岂不比在城里更合适？[1]

浮德 喂，老爷，现在谁当上王八了呀？布鲁姆先生[2]，福斯塔夫

是个无赖，一个王八蛋无赖。他的犄角在这儿，布鲁姆先

生。还有，布鲁姆先生，他从浮德那里啥也没有捞到，除

了他的脏衣服篓子、他的棍棒，再就是二十镑金币，那还

非得退给布鲁姆先生不可。他那几匹马已经扣押起来了，

布鲁姆先生。

浮德太太 约翰爵爷，咱俩运气不好，总是没法子在一块儿。我绝不

再把您当作我的情人，但会永远把您视为我的鹿鹿。

福斯塔夫 我渐渐明白，自己被当成一头驴了。

浮德 没错，也是一头牛呢。两样的证据[3]都还在。

福斯塔夫 这些个不是精灵。我有三四次想到他们不是精灵，可是我

心里的罪恶感，加上神志被这么一突袭，竟对如此粗糙的

骗局都深信不疑，违反了一般常识，相信他们是精灵。可

见聪明也有被聪明误的时候[4]，特别是用来干不良勾当时！

爱文斯 （脱下面具）约翰·福斯塔夫爵士，信奉上帝，切断您的晚

年[5]，精灵就不会来加您[6]了。

浮德 说得好，爱文斯仙翁。

爱文斯 您也要切断您的猜疑心，我拜托您。

---

1 意思是：这犄角应当象征雄鹿，不该象征戴绿帽者。——译者附注

2 浮德故意模仿福斯塔夫的语气说话。——译者附注

3 两样的证据：他的犄角证明他是蠢牛；上当受骗戴上犄角，证明他是笨驴。——译者附注

4 原文 wit may be made a Jack-a-Lent，意思是：聪明人也可能变成大斋节（复活节前四十天）
中被人击打作乐的小布偶——引申为"笑柄"。

5 晚年：应为"妄念"。

6 加您：应为"掐您"。

浮德	我绝不会再怀疑我太太，除非有一天你能用标准的英语向她求爱。
福斯塔夫	难道我已经把脑子挖出来在太阳底下晒干了，竟然连这么荒唐的骗局都防不了？难道我还要被威尔士山羊[1]骑在头上？我是不是该有一顶粗毛料织的鸡冠帽[2]？现在看来是烤奶酪[3]噎死我的时候了。
爱文斯	耐劳和牛柚[4]不好加在一起。您的肚子全是牛柚。
福斯塔夫	"耐劳"和"牛柚"？难道俺活着是要让一个把英语弄成油炸肉片的家伙来奚落？这就足以教人从此不再放荡，不再深夜到处逛花街柳巷了。
培琪太太	约翰爵爷，就算我们把羞耻之心一股脑儿抛丢了，不顾一切硬是要下地狱，您怎么会以为有哪个魔鬼让我们看上您呢？
浮德	什么，看上一个杂碎布丁？满满一袋子亚麻？
培琪太太	一个臃肿的男人？
培琪	又老，又冷，又干瘪，再加上教人受不了的一肚子肥肠？
浮德	而且是个像撒旦一般漫天撒谎的家伙？
培琪	而且跟约伯一样穷？
浮德	而且跟他太太一样邪恶[5]？
爱文斯	而且还爱玩女人，还爱上酒馆，还白酒，还红酒，还调味加料酒，还爱喝酒，还爱吹胡子瞪眼，吵吵闹闹？

1 威尔士山羊：爱文斯是威尔士人，威尔士以山羊多闻名。——译者附注
2 鸡冠帽（coxcomb）：宫廷弄臣的装扮之一。
3 威尔士人嗜食烤奶酪。
4 耐劳和牛柚：应为"奶酪和牛油"。
5 约伯（Job）是《圣经·旧约》里的人物，曾经非常穷困；他的妻子怂恿他诅咒上帝（见《约伯记》）。

福斯塔夫	好啦，我是你们的笑柄了。你们占了我的上风了。我丢人现眼了。对这威尔士廉价粗毛料我都答不上话了。连愚昧无知都来教训我了。
	任你们摆布我吧。
浮德	那好，老爷，咱们要带您回温莎，到一个布鲁姆先生那儿，就是您坑了他的钱，打算要替他拉皮条的那个。您受了这许多罪，还要偿还那笔钱，应该会痛心疾首吧。
培琪	不过还是打起精神来，骑士。我要你今晚到我家喝杯温热的甜奶酒，到时候希望你来取笑我太太，虽然她现在取笑你。告诉她，斯兰德少爷已经娶了她的女儿。
培琪太太	（旁白）去说给大夫听吧。[1] 如果安妮·培琪是我的女儿，她这会儿已经是凯兹大夫的妻子了。

斯兰德上

斯兰德	哦嗬嗬，培琪岳父啊！
培琪	好女婿，怎么啦？怎么啦，孩子，事情办成了吗？
斯兰德	办成了？我要让格洛斯特郡里有头有脸的人都知道这件事。不然我情愿吊死，啦。
培琪	知道什么呢，孩子？
斯兰德	我到了伊顿那边，要跟安妮·培琪小姐结婚，结果她是个笨手笨脚的大男孩。要不是因为在教堂里，我早就揍他了，不然就是他揍了我。早知道那不是安妮·培琪，我才懒得折腾呢——那人是驿站的马童。
培琪	这么说，我敢打赌，您搞错了。

---

1 原文 Doctors doubt that 是一句谚语，意思是"我才不相信呢"（医师，或有学问的人，不会轻信人言），引申为"不是那么回事儿"。恰好培琪太太属意的女婿是个大夫。——译者附注

斯兰德	还用得着您来告诉我？我把男孩当成女孩，当然搞错了。[1]如果我和他结了婚，即使他穿的是女人的衣服，我也不会要他的
培琪	唉，这是您自己笨。我不是告诉过您，要根据我女儿的服装认出她来吗？
斯兰德	我去找了那个穿绿色的[2]，喊一声"保持"，她也喊一声"安静"，正如安妮与我约定的，但那人不是安妮，是驿站的马童。　　　　　　　　　　　　　　　　　　　　　　　　　　下
培琪太太	好乔治，别生气。我早知道您的打算，于是把我女儿的衣服换成白色的[3]，所以啊，说实话，此时此刻她正与大夫在教区牧师的家里，在那儿结婚啦。

凯兹上

凯兹	培琪小姐在哪里？妈的，俺上挡[4]啦。俺娶了 *un garçon*[5]，一个男孩，*un paysan*[6]，妈的，一个男孩。不是安妮·培琪。妈的，俺上挡了。
培琪太太	怎么，您带走的是个穿白衣服的吗？
凯兹	是啊，老天，可那是个男孩。老天，俺要把全温莎都脑醒[7]。　　　　　　　　　　　　　　　　　　　　　　　　　　下
浮德	这就奇怪了。谁得到了真正的安妮？
培琪	我很担心呢。范顿先生来了。

1　培琪的意思是，斯兰德没有照指示去做。斯兰德以为他说的是"错认男孩为安妮"。

2　大多数编辑把此处的"绿色"改为"白色"，以符合原来的设计。

3　大多数编辑把此处的"白色"改为"绿色"，以符合原来的设计。

4　上挡：应为"上当"。

5　（法文）意为：一个男孩。

6　（法文）意为：一个乡下人。

7　脑醒：应为"闹醒"。

范顿与安妮上

	怎么，范顿先生？
安妮	请原谅，好父亲。我的好母亲，请原谅。
培琪	喂，小姐，您¹怎么没有跟斯兰德少爷走？
培琪太太	您为什么没有跟大夫先生走，姑娘？
范顿	你们难为她了。请听事情的真相：
	你们要她丢尽颜面地嫁出去，
	嫁给不是两情相悦的人。
	真相是：她和我，早已订定终身，
	现在紧紧相连，不可能分开。
	她犯下的过错是圣洁的，
	这种瞒骗算不得诡诈，
	算不得抗命或是不孝，
	因为这一来她可以避免
	勉强接受的婚姻带给她
	无数不虔不敬的苦日子。
浮德	（对培琪夫妇）别站着发愣了，现在木已成舟。
	爱情这件事有老天亲自做主。
	有钱可买地，娶媳看天意。
福斯塔夫	（对培琪夫妇）我很高兴，你们虽然站在猎人的有利
	位置攻击我，但你们的箭也会射歪。
培琪	好啦，能怎么补救？范顿，愿上天赐福于你！
	既然躲不掉，就只能拥抱²。

1　您：培琪和他太太（见下一行）因为恼怒而故意用敬语 you 称呼女儿。——译者附注
2　拥抱（embrace）：亦即接受。——译者附注

福斯塔夫　夜里放狗跑，什么鹿都咬。[1]

培琪太太　好吧，我也不再抱怨了。范顿少爷，

愿上天赐您喜乐，长长久久。

好丈夫，咱们各自都回家吧，

篝火旁，把这趣事付之一笑，

约翰爵爷和大家。

浮德　就这样吧。约翰爵爷，

您对布鲁姆先生倒也言而有信：

他今晚会跟浮德太太同床共寝。　　　　　　　　　众人下

1　夜里打猎，狗儿失控乱跑。也比喻这些求婚者拉错人。——译者附注

落难的风流骑士

——《快乐的温莎巧妇》译后记

彭镜禧

辅仁大学讲座教授 / 台湾大学名誉教授

  《快乐的温莎巧妇》有几个特点，使它在莎士比亚诸多剧作中独树一帜。首先，这是莎翁唯一纯粹以英国城市为背景的戏；其次，这出戏的散文比例高达 90%，只有 10% 的诗。[1] 前者使它接近现代的情境喜剧，后者使它的语言得到的评价不高。不过，熟悉莎士比亚历史剧《亨利四世》上、下篇的读者或观众更感兴趣的，可能是福斯塔夫如何"转世投胎"（参见本剧"导言"）。

  在这出戏里，福斯塔夫是个落拓的贵族。因为阮囊羞涩，动念勾引温莎两位富有的良家妇女。但足智多谋的她们将计就计，反而巧妙地一而再、再而三把福斯塔夫捉弄得狼狈不堪。这和历史剧中机智诙谐、辩才无碍的福斯塔夫判若两人，惹得知名的莎士比亚学者哈罗德·布卢姆（Harold Bloom）大为不满，认为这是莎翁最没有分量（slightest）的闹剧，并且斩钉截铁宣称："《快乐的温莎巧妇》里的恶棍主角是个没名没姓的骗

1　根据对皇家版《莎士比亚全集》的统计，莎剧中散文比例高于诗的只有 3 部，依次为《快乐的温莎巧妇》《无事生非》(*Much Ado About Nothing*, 70%)、《第十二夜》(*Twelfth Night*, 60%)；诗歌比例在 70% 以上的有 28 部；其余 7 部的诗歌比例介于 70%—50% 之间。

子，冒充伟大的约翰·福斯塔夫爵士。"[1]

其实布卢姆教授大可不必如此生气。历史剧中的福斯塔夫能言善道，每每以幽默的语言讽刺自己的——以及他所代表的——人性弱点，十分讨喜；然而我们必须承认，在法治的社会中，福斯塔夫是个毒瘤；长久与他厮混的太子哈尔登基后立即驱逐福斯塔夫，虽显得无情无义，却是不得已的作为。在《快乐的温莎巧妇》中，福斯塔夫还是福斯塔夫，一个诈财诈色的骗子；他也还是那有文采有口才的福斯塔夫。

这位自命风流的骑士写了一封情书给培琪太太：

别问我为什么爱上您，"爱情"虽然以"理智"为导师，却不容他当心腹。您跟我一样，不再年轻：那好，两人是绝配。您俏皮，我也是：哈哈，又是绝配。您爱喝白葡萄酒，我也爱：您还能渴望更妙的绝配吗？至少，要是军人的爱能满足您，就让我告诉您：培琪太太，我爱您。我不说，可怜我吧——这不是军人说得出口的——但我要说，爱我吧。写信的我是

　　忠诚骑士，永属于您；
　　不分昼夜，无论晴阴，
　　为您奋战，竭力尽心。
　　　约翰·福斯塔夫　　　　　　（第二幕第一场）

但培琪太太的反应极为强烈：

这是哪门子的犹太希律王？邪恶、邪恶的世界啊！明明一个老朽，

1　原文是"...the hero-villain of *The Merry Wives of Windsor* is a nameless impostor masquerading as the great Sir John Falstaff"，见其所著 *Shakespeare: The Invention of the Human* (New York: Riverhead Books, 1998), p. 315。在这本厚达 745 页的书中，他只给了这出戏不到 4 页的篇幅。

竟充起风流公子来？我的举止有哪里不检点，叫这个大酒鬼——靠着恶魔——逮着，胆敢这样勾引我？哼，他跟我见面还不到三次呢！我跟他说了些什么呢？我当时还很拘谨的——老天原谅我吧！我要向议会递交提案，压制男人。我该怎么报复他？报复是确定要的，就像他的内脏都是香肠那么确定。（第二幕第一场）

于是她和也收到相同情书的浮德太太商量，将计就计，痛击这个"充起风流公子"的"老朽"。这是本戏的主要情节，不必赘言。

必须提到的是本剧剧名 *The Merry Wives of Windsor* 的中文翻译。前人多译为《温莎的风流娘儿们》（朱生豪、方平）或《温莎的风流妇人》（梁实秋），把"风流"之名加诸培琪太太和浮德太太，乃是张冠李戴。根据克里斯特尔（Crystal）父子的注解，merry 的意思包括：

merry (*adj.*)　1 facetious, droll, jocular

2 hilarious, uproarious, hysterical

3 in good spirits, well

4 [of winds] favourable, helpful, advantageous [1]

除了第四个意思与本剧无关，其他三个都是"戏耍、高兴"之义。这两位温莎妇人戏耍自命风流的福斯塔夫，乐在其中。她们安排第二次戏弄福斯塔夫的时候，培琪太太还愤愤地说："吊死他，这个色狼！叫他吃再多苦头都嫌不够。"

咱们这个方法，可以用来证明，
老婆寻欢作乐，依然玉洁冰清。

1　David Crystal & Ben Crystal, *Shakespeare's Word: A Glossary & Language Companion* (London: Penguin Books, 2002), p. 280.

爱玩爱闹的，不做那无耻的勾当，

俗话说得好：贪嘴的总闷声不响。[1]　　　　（第四幕第二场）

其中"寻欢作乐"的原文正是 merry，与下面一行的"爱玩爱闹"（jest and laugh）相呼应；但"玉洁冰清"（honest）是她们的坚持。若用通俗戏曲小说的笔法，这出戏庶几应是"温莎妇巧戏采花贼"。

传说这出戏是伊丽莎白女王钦点，要莎士比亚写一出福斯塔夫恋爱的戏，于是莎士比亚匆匆写就。果然，福斯塔夫于此尽管仍有自圆其说或自我嘲讽的本领，但是，当他被第三次戏弄之后，就不得不当众承认：

我有三四次想到他们不是精灵，可是我心里的罪恶感，加上神志被这么一突袭，竟对如此粗糙的骗局都深信不疑，违反了一般常识，相信他们是精灵。可见聪明也有被聪明误的时候，特别是用来干不良勾当时！　　　　（第五幕第五场）

有"罪恶感"，会说教（"特别是用来干不良勾当时"）的福斯塔夫，和我们在《亨利四世》上、下篇所见到的那位自由自在、毫无拘束的巨大（不只是胖）骑士，判若两人。也许这才是令布卢姆以及其他许多读者和观众扼腕的原因吧。

1　原文：Hang him, dishonest varlet! We cannot misuse him enough.
　　We'll leave a proof, by that which we will do,
　　Wives may be merry, and yet honest too.
　　We do not act that often jest and laugh,
　　'Tis old but true: still swine eat all the draff.